GW01605282

Mauvaises Nouvelles de la Plage

Sylvie M.Jema

Mauvaises Nouvelles de la Plage

LES ÉDITIONS DU NET
22, rue Édouard Nieuport 92150 Suresnes

Du même auteur

Brandoni's Blues, Éditions La Cerisaie, 2003.

Les Sarments d'Hippocrate, Éditions Fayard, 2003 (Prix du Quai des Orfèvres 2004).

Pouzzolane et fleur de thé, Éditions Fayard, 2008.

ISBN : 978-2-312-02161-4

À Marie, ma grand-mère,
Pour les vacances de mon enfance
Et tout cet amour qu'elle m'a donné.

Todo pasa y todo queda,
Pero lo nuestro es pasar,
Pasar hacienda caminos,
Caminos sobre el mar.

Antonio Machado

Villa Lilith

Céline Rosemond s'arrêta devant le haut portail bleu, posa avec soulagement son lourd bagage, et sortit un trousseau de clefs de son sac à main. Après quelques tâtonnements, elle fit jouer l'une d'entre elles dans la serrure et entra. Surprise, elle marqua une pause : de la rue, rien ne permettait de deviner ce minuscule jardin au charme ancien, au fond duquel, harmonieuse et blanche, se dressait la maison sobrement décorée par ses persiennes bleues et la plaque fleurie, apposée au-dessus de l'entrée, qui annonçait « Villa Lilith ». La jeune femme referma le portail et s'y adossa, humant l'étonnant mélange de l'odeur entêtante du chèvrefeuille avec l'air marin.

Un des angles du jardin était occupé par un vieux puits, à la margelle en pierre usée par les années, sur laquelle un magnifique chat noir profitait nonchalamment du soleil de cette belle journée de septembre. Sans s'émouvoir de l'irruption de Céline dans son univers, le chat fixa sur elle un long regard vert puis, sans se presser, se leva, s'étira, sauta souplement à terre, et vint se frotter à ses jambes en ronronnant bruyamment. Céline sourit et, se baissant vers l'animal pour le caresser, constata :

– C'est gentil à toi de me souhaiter la bienvenue… Je crois que je vais me plaire ici…

**

Quelques hésitations encore pour trouver la bonne clef, et Céline pénétra dans la maison. Elle parcourut rapidement son nouveau domaine, ouvrant volets et fenêtres afin de laisser entrer à flots la chaleur et la lumière. Elle remit en marche eau et électricité selon les instructions reçues, avec les clefs, chez le notaire, et, après avoir jeté un œil à sa montre, remit à plus tard son installation. Elle s'assit dans un des fauteuils en toile blanche, près de la cheminée, et sortit une enveloppe de son sac. À son tour, le chat noir, qui l'avait suivie sans hésitation, sauta sur le fauteuil en vis-à-vis, et entreprit de faire sa toilette avec décontraction, comme s'il était chez lui. Après tout, pensa la jeune femme, il est peut-être vraiment chez lui… Était-ce le chat de Lucie ?… Elle haussa les épaules, sachant qu'elle n'aurait pas de réponse à cette question, et déplia avec soin plusieurs feuillets d'une longue lettre déjà lue et relue :

Châtelaillon-Plage, le 10 juin.

Ma linette chérie,

Enfin, je l'ai trouvée… La maison de mes rêves… Enfin un endroit à moi, un lieu où me poser et peut-être, être heureuse… Je sais : tout ça doit te paraître bien surprenant. Je ne te donne pas de nouvelles pendant des mois, et, tout à coup, je t'annonce que je viens d'acheter une maison… Laisse-moi reprendre depuis le début ou, du moins, te résumer un peu de tout ce que je souhaite pouvoir bientôt te raconter de vive voix, car j'espère bien t'y recevoir, dans ma maison, pour que nous prenions enfin le temps de nous retrouver… Tout s'est tellement bousculé depuis la mort de papa et maman…

Céline interrompit un instant sa lecture, submergée par un chagrin à peine atténué depuis la mort brutale de leurs parents, cinq ans auparavant, dans un accident de voiture. Restées seules (mise à part Véronique, une cousine de Normandie), les deux sœurs s'étaient épaulées, rapprochées encore… Cependant, ces deux dernières années, les obligations professionnelles, les éloignant géographiquement, avaient un peu distendu ces liens. La jeune fille soupira et reprit la lettre :

J'ai enfin décroché un poste de professeur de piano : au conservatoire de La Rochelle, et alors je me suis sentie prête à « me fixer » comme tu dis… Je ne voulais pas vivre à La Rochelle même : trop prêt de mon travail et trop loin de la mer comme je l'aime (la plage, les longues balades sur la grève, le cerf-volant…). Je me suis mise à prospecter dans les environs et… voilà ! Tu verras sur la carte, Châtelaillon-Plage est à dix kilomètres de La Rochelle : c'est une station balnéaire au charme belle époque — comme son casino —, mais avec des tas d'aménagements récents. Juste ce que je recherchais ! J'ai été tout de suite conquise. Quant à la maison, c'était comme si elle m'attendait. Je suis sûre que tu vas l'aimer : il y a un adorable jardin, à l'abri des regards indiscrets, un rez-de-chaussée constitué d'une seule immense pièce — avec deux portes-fenêtres qui donnent sur le jardin, et même une cheminée —, et deux grandes chambres séparées par la salle de bains à l'étage... Si tu ajoutes à tout ça l'escalier en colimaçon, l'orientation plein sud, et la mer au bout de la rue : imagine... Tu vois, j'ai emménagé il y a une dizaine de jours et je m'y sens déjà bien : il y a ici une atmosphère comme envoûtante, quelque chose d'impalpable... Je ne saurais pas t'expliquer...

Céline se fit une nouvelle fois la remarque que sa sœur était, décidément, une incorrigible romantique...

Quelle chance d'avoir trouvé cette maison juste avant les vacances : je vais avoir tout le temps de m'y installer et de faire la connaissance de mes voisins avant la rentrée ! D'ailleurs, j'ai déjà des habitudes : le matin, tôt, je fais de longues promenades le long de la mer, jusqu'au chemin des Douaniers. Parfois je prolonge jusqu'au port des Boucholeurs (à ce propos, il faudra que je te raconte : j'ai rencontré un vieux marin qui radote d'invraisemblables histoires de sorcellerie), et, souvent, en rentrant, je fais mes courses au marché couvert. J'ai vraiment hâte de te faire découvrir tout ça ! Dis-moi vite quand tu vas pouvoir te libérer un peu pour venir passer quelques jours ici. Je t'attends avec impatience ! Je t'embrasse avec tendresse.

Lucie

Céline posa les feuillets sur la table basse et resta un long moment immobile, perdue dans ses pensées… Elle poussa un profond soupir… Deux mois et demi… Deux mois et demi écoulés depuis cette lettre, la dernière envoyée par sa sœur… Deux mois et demi d'attente, d'angoisse et d'espoirs déçus…

Bien sûr, la gendarmerie avait bien fait son travail : la « Villa Lilith » avait été passée au peigne fin -même le vieux puits avait été sondé-, les voisins interrogés longuement, les allées et venues de Lucie reconstituées avec fidélité. L'enquête avait été minutieuse, toutes les hypothèses envisagées et vérifiées… Mais, après toutes ces investigations, il avait bien fallu admettre la sinistre évidence : Lucie avait bel et bien disparu… Sans laisser de trace, sans raison, sans explication…

Toutes ses affaires attendaient, bien rangées, un hypothétique retour… Il n'y avait pas de trace de violence, d'effraction… Rien… On n'avait rien trouvé… Comme si, brusquement, Lucie s'était volatilisée…

Disparue… Céline refusait cette conclusion : on ne s'évanouit pas comme ça, comme par magie !… À la différence de sa sœur, irrationnelle et volontiers superstitieuse, Céline était pragmatique. C'est pourquoi, bien décidée à retrouver Lucie, elle avait obtenu un congé sans solde et venait mener sa propre enquête sur place…

Par les fenêtres ouvertes lui parvenaient les arômes du jardin et les effluves de la mer dont elle entendait le grondement régulier, tout proche. La marée est haute, pensa-t-elle instinctivement… Elle comprit soudain pourquoi Lucie aimait cette maison et, en même temps, elle ressentit ce pincement, cette sensation d'angoisse devenus maintenant familiers lorsqu'elle pensait à sa sœur…

Elle respira à fond, refusant de se laisser gagner par la tristesse ou le doute, se leva, et, malgré l'impression troublante de s'immiscer dans l'intimité de sa sœur, décida de s'installer de façon à se sentir le mieux possible pour un séjour qui menaçait d'être long.

**

Céline ouvrit les yeux et posa un regard étonné sur la pièce où elle se trouvait. Désorientation du demi-sommeil… Évènements trop récents… Il lui fallut quelques minutes pour reconnaître l'endroit et se souvenir de son arrivée, la veille, à la « Villa Lilith ». Elle n'avait pas fermé les persiennes en se couchant — une habitude qui remontait à l'enfance —, et la lumière matinale, à peine filtrée par le léger voilage en étamine, éclairait la chambre. La jeune femme leva un sourcil surpris : depuis la disparition de Lucie, c'était sa première nuit complète… Le fait de se savoir plus près, d'une certaine façon, de sa sœur, ou l'influence bénéfique des lieux ?... Qu'importe...

En tous cas, reposée, elle était plus que jamais décidée à commencer ses recherches dès aujourd'hui. Elle descendit, pieds nus, vêtue d'un long tee-shirt, se préparer un solide petit-déjeuner et, après avoir déniché un grand plateau, orné de naïfs motifs marins, remonta s'installer dans le lit, fenêtre ouverte.

La brise légère apportait le bruit du ressac et quelques chants d'oiseaux, et Céline se dit soudain qu'elle allait débuter sa journée par une longue promenade sur la plage, comme faisait Lucie. Peut-être rencontrerait-elle des personnes que sa sœur avait l'habitude de croiser, ou même ce vieux pêcheur dont parlait la lettre ?

Elle tendit la main vers la table de nuit et saisit un guide de Châtelaillon-Plage pris à la gare hier... Outre de nombreux détails pratiques, s'y trouvait un plan de la ville. Céline se situa rapidement : voyons... la « Villa Lilith » était rue de l'Océan. il lui suffisait d'aller au bout de la rue pour se retrouver sur la plage, et tourner à gauche ensuite vers la promenade littorale et ce fameux chemin des douaniers...

Elle posa avec précaution son plateau près du lit et, prenant ses affaires de toilette, rassembla son courage et entra dans la salle de bains, évitée la veille.

Elle avait prévu le choc, mais sous-estimé son importance : l'angoisse l'étreignit brusquement, et les larmes lui montèrent aux yeux. Comme le reste de la maison, la pièce semblait attendre le retour de Lucie, mais ici, dans ce lieu de rituel quotidien, au milieu de ces petits riens qui participent de l'intimité de chaque femme, l'effet était plus saisissant encore, plus bouleversant... Le pot de crème entamé, soigneusement fermé... La brosse à dents sagement pendue à son support... Le tube de dentifrice déformé par l'empreinte des doigts qui l'avait saisi et pressé... Céline prit ce dernier, et posa avec précaution ses doigts dans les empreintes laissées par sa sœur, caressant doucement les traces de son existence, de sa présence, si proche encore et déjà si lointaine...

– Mon Dieu, murmura-t-elle, faites que je la retrouve !

S'abandonnant à son chagrin, elle resta un long moment ainsi, debout devant le lavabo, de grosses larmes coulant sur ses joues, jusqu'à ce que la sensation d'une présence, d'un regard sur elle, la fasse se retourner. Assis à l'entrée de la pièce, parfaitement immobile, le chat noir la fixait de son étrange regard vert.

– Et bien, dit Céline en refoulant ses pleurs, comment es-tu entré toi ?

Sans manifester la moindre gêne, le chat, en un bond, fut sur le bord de la baignoire. Haussant les épaules, la jeune femme eut un pauvre sourire :

– Tu as raison. Je vais me laver. Ce n'est pas en pleurant sur nous deux que je retrouverai Lucie.

**

Comme Céline, flanquée du chat qui ne semblait pas décidé à la quitter, fermait soigneusement la porte du portail, une vieille femme s'approcha. Un peu voûtée, le visage constellé de rides, les cheveux blancs, elle aurait facilement pu passer pour une grand-mère de contes de fées n'eut été son regard acéré.

– Tiens, dit-elle, la « Villa Lilith » est à nouveau habitée.

C'était plus une constatation qu'une question, et Céline, sans répondre, se contenta d'incliner la tête en signe d'acquiescement.

– Vous êtes jeune, ajouta la femme, comme un reproche.

Alors que Céline, un peu étonnée, hésitait sur la réponse à donner, le chat choisit ce moment pour s'avancer vers la vieille femme, avec un miaulement impératif. Cette dernière le regarda avec un curieux mélange de dégoût et d'appréhension et grommela :

– Je n'aime pas ce chat. Les chats noirs sont des créatures du Démon !

Sur ce, elle se signa avec une vivacité surprenante et s'éloigna rapidement, laissant au milieu de la rue le chat grondant et crachant, poil hérissé, toutes griffes dehors, et Céline complètement abasourdie.

**

Céline se servit un nouveau verre d'eau glacée qu'elle but avidement, sans réussir à étancher sa soif. Depuis ce matin une chape de chaleur lourde, oppressante, pesait sur la ville, prémices de l'orage annoncé par la météo. Malgré les fenêtres et les portes grandes ouvertes, aucun souffle d'air ne passait dans la maison. Le moindre mouvement, effort insurmontable, laissait Céline baignée de sueur. Même le chat, affalé à sa place favorite, sur la margelle du puits, semblait gagné par la torpeur ambiante.

Depuis son arrivée à Châtelaillon, Céline avait pris l'habitude de voir surgir le chat à n'importe quelle heure du jour, venu d'elle ne savait où, repartant comme il était venu, refusant toute nourriture, et se comportant en maître des lieux. En un sens, sa présence la rassurait : elle se sentait moins seule.

Elle avait également pris ses repères dans la ville, en découvrant les facettes modernes comme les aspects anciens au cours de longues promenades la menant du centre de thalassothérapie au fort Saint Jean, du casino à l'hippodrome ou encore, simplement, de la plage Saint Jean des sables à la plage des Boucholeurs en passant par la grève… Comme sa sœur, elle s'était vite laissée gagner par le charme de l'endroit…

Céline reposa le verre qui tinta légèrement sur la faïence de l'évier et soupira : malgré ses balades, ses différentes rencontres, ces quelques jours ne lui avaient pas apporté plus que ce que les gendarmes lui avaient déjà appris. Elle poussa un nouveau soupir : elle ne pouvait plus différer les recherches dans la chambre de sa sœur… Elle se dirigea vers l'étage, précédée par le chat qui venait de faire irruption dans la maison.

La chambre de Lucie était à son image : lumineuse et naïve, rêveuse et sereine… Répugnant à l'idée de violer des secrets que sa sœur n'avait pas eu le temps ou l'envie de lui confier, la jeune, femme s'assit un instant sur le lit, observant la pièce… Là, plus qu'ailleurs, la présence de Lucie était presque palpable… La sensation de cette présence fut tout à coup si forte que Céline perçut les fragrances d'un parfum alors que la chambre se mettait à tourner autour d'elle.

– Allons bon, ce n'est pas le moment de faire un malaise ! pensa-t-elle.

La chaleur étouffante, le chagrin et l'angoisse accumulés ces derniers mois, le peu d'appétit… Elle passa une main tremblante sur son front moite… La pièce, peu à peu, se stabilisa, au grand soulagement de Céline. Curieusement, l'odeur, ténue mais nettement perceptible, persista : mélange étonnant qui évoquait l'encens et le musc… Une odeur pas vraiment désagréable… Inhabituelle… Tenace… La jeune femme s'étonna de ne pas l'avoir perçue auparavant et fronça les sourcils, perplexe : ce n'était sûrement pas le genre de parfum que portait sa cadette — elle raffolait des mélanges légers, fruités, légèrement acidulés, au sillage plein de fraîcheur. Elle renifla à nouveau avec attention, mais l'odeur avait disparu…

Elle haussa les épaules, se leva, ne sachant trop comment commencer. Le chat, jusqu'alors calmement assis près d'elle, sur le lit, se leva à son tour et vint, en ronronnant bruyamment, se frotter à l'un des angles de la bibliothèque. Céline sourit :

– D'accord pour la bibliothèque.

Elle effleura du doigt les tranches des livres alignés devant elle : nombre d'entre eux traitaient, de près ou de loin, de la musique, de compositeurs plus ou moins célèbres, d'opéras, de technique musicale… L'un des rayons contenait des recueils de poésie dont les coins usés, les tranches fanées, indiquaient le grand nombre de fois où ils avaient été lus. Céline s'attarda sur les différents auteurs : Verlaine, Rimbaud, Nerval, Baudelaire, Musset ou Lamartine… peu ou pas de modernes. Quelques ouvrages, dans le haut du meuble, évoquaient Châtelaillon-Plage et la région. Tout à fait en bas du meuble, comme dissimulés aux regards, quelques tomes poussiéreux, à l'allure ancienne, attirèrent l'attention de Céline. Elle s'agenouilla pour les prendre, les posa près d'elle et commença à les feuilleter. Avec surprise, la jeune femme s'aperçut qu'il s'agissait de livres ésotériques, aux titres vaguement mystérieux.

Lucie s'intéressant à l'occultisme, voilà qui était nouveau ! Imaginative, un peu superstitieuse, soit… mais de là à être attirée par ce que Céline considérait comme un ramassis d'âneries destiné aux esprits faibles !… La jeune femme eut une moue déçue.

Elle tourna quelques pages du premier livre de la pile, et tomba sur un passage, coché récemment de cette même encre vert pâle, si caractéristique, que Lucie utilisait depuis son adolescence :

Âme d'un monde trouble et archaïque, Lilith sort de la mer des origines. Pas encore incarnée, elle est comme en osmose avec les eaux nourricières. À l'origine, pourtant, rien d'autre qu'une femme : la toute première, bien avant Eve, créée du limon, comme Adam... La mer c'est le domaine de Lilith : immensité, trouble et violence...

Un second ouvrage lui révéla un autre passage marqué par Lucie :

Lilith pérégrine de par le Monde, quelquefois entourée d'une cohorte de démons... Elle prend figure de ce qui est de l'autre côté du miroir, part fascinante de soi qui séduit et envoûte, à la laisser venir...

Céline poussa un soupir de soulagement. Ce n'était que ça ! Sa sœur, par une envie bien naturelle, cherchait simplement l'origine du nom de la maison qu'elle venait d'acheter ! Céline sourit : c'est vrai que c'était un drôle de nom « Villa Lilith » !

– Lilith ! prononça-t-elle à voix haute, en se redressant.

À nouveau la pièce se mit à tourner autour de la jeune femme.

– Zut ! se dit-elle. Je n'aurais pas dû me relever aussi brusquement ! Il serait peut-être temps de manger un peu...

En proie à un léger vertige, elle quitta la pièce avec précaution, suivie par une faible odeur de musc, sous l'œil attentif du chat.

**

Imposant et hiératique, le chat occupait tout l'espace. Les amandes vertes de ses yeux brillaient d'un éclat presque insoutenable. Fixant Céline de son regard énigmatique, il semblait grandir, de plus en plus vite, de plus en plus haut, atteignant presque le ciel... Tout à coup ses traits se brouillèrent et, une voix de femme, un peu chevrotante, énonça d'un ton agressif :

– Les chats sont des créatures du Démon !

Un grand rire sarcastique se fit entendre, et un homme apparut : grand, mince, très beau, vêtu de noir avec une grande cape ourlée de rouge, il se tenait debout, entouré d'une multitude de chats et d'une nuée de jeunes femmes. Il tendit la main vers Céline, découvrant, dans le mouvement imprimé à sa cape, ses pieds fourchus :

– Viens, dit-il.

Une femme brune, très belle également, drapée dans un fourreau rouge ourlé de noir surgit à ses côtés. Elle avait le même regard vert que le chat... Elle aussi tendit une main vers Céline :

– Viens, dit-elle, alors qu'une forte odeur de musc et d'encens se répandait dans la pièce.

– Non ! hurla la voix de Lucie. Non !...

Céline eut la vision brève de sa sœur, tout de blanc vêtue, enfermée dans une pièce sans issue, frappant les murs, les mains en sang, de coups désespérés... Le dernier coup éveilla Céline, trempée de sueur, en larmes...

Dehors l'orage, qui avait menacé toute la journée, se déchaînait avec violence. Les éclairs zébraient le ciel sans répit, le tonnerre roulait, et le vent soufflait en bourrasques coléreuses.

Le battant de la fenêtre, ouverte par une rafale, heurtait bruyamment le mur…

Céline respira longuement… Ce n'était qu'un cauchemar.

Production d'un esprit surmené, angoissé… L'orage avait fait le reste…

La pluie se mit soudain à tomber avec force et, presque aussi soudainement, l'orage se calma. Par la fenêtre ouverte arrivaient jusqu'au lit l'odeur des embruns mêlée à celle du jardin sous la pluie : odeur d'herbes, de fleurs et de terre mouillée… La jeune femme huma avec délices et fronça les sourcils : il lui semblait percevoir une autre odeur, caractéristique quoiqu'un peu masquée… comme de l'encens…

– Ah non ! pensa-t-elle. Les élucubrations, ça suffit pour cette nuit !

Elle se leva d'un bond pour fermer la fenêtre. Au dehors, le jardin sous l'averse était calme, serein et odorant. Dans l'angle, le vieux puits semblait luire dans la pénombre, baigné d'une sorte de halo de douce clarté… Le reflet de la lune probablement…

Céline ferma la fenêtre d'un coup sec, prit, par précaution, un léger somnifère, et se recoucha.

**

La matinée était chaude, agréable pour cette fin septembre, et les badauds se pressaient au grand marché du vendredi. Céline, après avoir fait, comme souvent, ses courses au marché couvert, déambulait à présent au milieu de la foule, adoptant le même pas nonchalant, se laissant porter d'un étal à l'autre, du marchand de pulls marins à la vendeuse de vaisselle en passant par les vraies ou fausses antiquités, les produits miracles, les vêtements en tous genres et les spécialités locales…

Ne recherchant rien de particulier, mais gardant l'esprit ouvert à toute découverte éventuelle, elle flânait, sans réel but, juste par plaisir. Elle s'attarda un instant devant le bouquiniste, hésitant entre les policiers aux titres macabres, les romans d'amour sucrés, les aventures… pour, finalement, ne rien prendre.

Le flot continu des passants la poussa un peu plus loin, devant un brocanteur. Elle s'arrêta brutalement, éberluée. Au milieu du fouillis habituel de lampes à pétrole, couverts en argent, chandeliers de cuivre, ou jouets anciens, se détachait une petite figurine de « Vierge à l'enfant » : ni originale, ni extraordinaire, mais qui, habillement mis à part, ressemblait trait pour trait à la femme que Céline avait vue en rêve la veille. Sans quitter la statuette du regard, elle demanda :

– S'il vous plait ? C'est combien la petite statuette là ?

Le marchand fronça les sourcils ; c'était un vieil homme tout racorni, au visage sillonné de rides profondes, aux yeux délavés.

– Pour vous, ma petite dame, ça sera 50 francs ! Ça n'a pas grande valeur, vous savez : c'est du plâtre.

– Son visage est très beau. J'ai rarement vu une vierge si fine…

Une ombre passa sur le visage du brocanteur.

– C'est une amie d'enfance qui faisait ça… Elle ne sculptait que des femmes, et toujours avec ce même visage.

– Elle sculpte encore ? demanda Céline avec curiosité.

Dans le regard du vieil homme, l'ombre s'accentua :

– Elle a disparu peu après ses 25 ans, on ne l'a jamais revue…

Céline sentit son cœur marquer une pause, et hésita avant de poser la question qu'elle savait, inéluctablement, suivre :

– Elle habitait Châtelaillon votre amie ?

– Oui. Rue de l'Océan.

– « Villa Lilith » ? osa demander Céline.

Le brocanteur eut l'air franchement surpris :

– Vous connaissez la « Villa Lilith » ?

– J'y habite.

– Alors, je vous l'offre, dit-il très vite. Prenez-la. Elle peut vous être utile.

Et, baissant la voix, il ajouta dans un souffle :

– Elle est bénie.

Et, sans laisser à Céline, médusée, le temps de réagir, il se tourna vers un homme qui venait de saisir un pistolet ancien :

– Et bien, que puis-je faire pour vous ?

**

Pieds nus, ses chaussures se balançant au bout de son bras, au rythme de la marche, Céline avançait à pas lents. Perdue dans ses pensées, elle ne prêtait pas attention aux vaguelettes de la marée montante qui, à intervalles réguliers, la baignaient jusqu'aux chevilles. Elle s'arrêta un instant, regardant, sans les voir, le vol plongeant des mouettes, la mer montant doucement par vagues successives de reflets bleutés ourlés d'écume, et, à l'horizon, le pont de l'île de Ré. Elle poussa un profond soupir : elle ne savait plus que penser.

Céline était cartésienne, pondérée, peu crédule ; de plus, ses études en économie et gestion n'avaient guère prédisposé au développement de son imagination ou de sa fantaisie… Et pourtant… Les certitudes grâce auxquelles elle construisait sa vie étaient, ces derniers temps, mises à rude épreuve. Sans vouloir tirer de conclusions hâtives, la jeune femme devait reconnaître que certains faits, certaines coïncidences, certains événements, venaient éclairer d'un jour troublant la disparition de Lucie.

Tout avait commencé avec ce cauchemar étrange de l'autre nuit… Depuis, même si elle s'en défendait, Céline trouvait les choses « bizarres ».

Il y avait eu cette découverte, au marché, et l'extraordinaire coïncidence de la disparition ancienne de cette femme qui avait habité la maison et sculpté ce visage qui, à présent, hantait chaque nuit les rêves de Céline.

Et puis ce rêve qui s'était déjà reproduit trois fois : un rêve de moins en moins effrayant, où Lucie, maintenant souriait, où l'ambiance était presque apaisée…

Chaque nuit, lorsque le rêve la réveillait, Céline allait à la fenêtre pour regarder le puits qui lui semblait de plus en plus lumineux : même si la pleine lune était proche, il était maintenant difficile de lui attribuer la luminosité du puits…

Céline refusait de laisser aller ses pensées sur la pente de ces extravagances, et pourtant…

La maison elle-même semblait changer imperceptiblement. La jeune femme s'y sentait de mieux en mieux. Bien. Trop bien. Si bien qu'elle hésitait, à présent, à s'en éloigner car elle en ressentait alors un inexplicable mal-être. Quelque chose d'impalpable semblait la retenir… Au fil des jours, elle se laissait gagner par le charme. Elle s'était même habituée à cette étrange odeur de musc et d'encens qui envahissait maintenant chaque pièce, gagnant parfois, par bouffées, le jardin, où elle étouffait l'arôme du chèvrefeuille.

Jusqu'au chat, étrange compagnon au regard impénétrable, qui semblait prendre soin d'elle avec une sollicitude surprenante : présent si elle se sentait seule, éloignant les rares importuns… D'une attention presque humaine, il était toujours câlin et ronronnant. Elle ne l'avait vu que deux fois en colère : lorsque cette voisine avait fait cette réflexion sur les chats noirs, créature du Démon (Céline préférait ne pas penser que la rage du chat venait du signe de croix esquissé par la femme…), et lorsqu'elle avait rapporté la statuette du marché. Ce jour-là, le chat, grondant de colère, s'était jeté sur la figurine, détruisant l'enfant Jésus et piétinant en mille morceaux le corps de la Vierge, ne laissant intact que le visage qui souriait encore sur la cheminée…

Céline soupira à nouveau et reprit sa marche, les yeux fixés sur le sable et les petites rigoles dessinées par le mouvement des vagues… Que penser ?… La jeune femme eut une moue désabusée : les démons n'existaient que dans les romans… Il y avait probablement une explication rationnelle que son esprit, brouillé par l'angoisse et le chagrin, ne voyait pas… Elle pourrait peut-être en parler à quelqu'un ?… À un prêtre ? Non ! Ce serait comme donner du crédit à ces suppositions rocambolesques…

Elle pensa soudain à sa cousine Véronique… Véronique était le bon sens incarné, et son avis serait sûrement précieux… Elle irait à la cabine, demain, lui téléphoner…

Un peu soulagée par cette décision, elle releva la tête, prenant conscience, pour la première fois depuis le début de sa promenade, de la beauté du spectacle qu'elle avait sous les yeux… Les cris rauques des mouettes, le bruit du ressac… Le soleil couchant teintant les vagues de reflets irisés…

Céline aurait bien voulu s'asseoir un instant, se laisser bercer, oublier, retrouver un peu de paix…

Mais elle savait que cela lui était impossible tant qu'elle n'aurait pas trouvé ce qui était arrivé à sa sœur.

Le front barré par un pli amer, elle repartit vers la maison.

**

C'est sur le chemin du retour qu'elle pensa, tout à coup, au journal intime de Lucie. Comment n'y avait-elle pas pensé plus tôt ? Depuis son adolescence, Lucie avait pris l'habitude de noter — avec cette fameuse encre verte — les principaux événements de sa vie, ses pensées, ses envies… Si elle avait continué (et pourquoi aurait-elle arrêté ?) le journal ne pouvait qu'être là, dans sa chambre.

Céline s'y précipita dès son retour à la « Villa Lilith ». Après une recherche vaine dans la bibliothèque, le bureau et la table de nuit, elle trouva enfin, sous le matelas, un cahier d'écolier à spirales, dont les pages étaient couvertes de la fine écriture de Lucie, et sur la couverture duquel était sobrement indiqué JOURNAL. Cahier N°21.

Prise d'un ultime scrupule, Céline en différa la lecture le temps de descendre s'installer dans un des fauteuils du salon, et de se servir — chose pour le moins inhabituelle — un grand verre de gin. Le chat, comme il se devait, s'installa dans son fauteuil, observant Céline.

La jeune femme tourna la première page et se mit à lire avec un peu d'appréhension. Le cahier commençait un peu avant l'arrivée de Lucie à Châtelaillon-Plage. Cette dernière y disait sa joie d'avoir un poste à La Rochelle, racontait sa recherche d'une maison et son coup de cœur pour cette villa.

Les pages suivantes étaient consacrées à l'installation, aux premiers achats de meubles, aux contacts avec les voisins et à la découverte de la ville. À chaque page, Lucie disait son bonheur à être là, comment, actuellement, elle se sentait « bien dans sa peau »…

Elle y parlait avec humour du chat noir, qui s'était imposé dès le premier jour… Il s'était avéré que le chat était une chatte (Céline leva un sourcil surpris : elle n'y avait même pas prêté attention !…), et Lucie, en hommage à sa maison, l'avait baptisée « Lilith ».

Cependant le ton primesautier et badin qui, plus d'une fois, lors de sa lecture, avait fait sourire Céline, changeait au fil des pages. Lucie, comme Céline, faisait des rêves étranges et perturbants. Comme Céline, elle percevait cette sorte de fil invisible qui semblait l'attacher à la maison… Elle parlait aussi de ce parfum qui, disait-elle, était plus net à la pleine lune… Elle aussi était intriguée par la luminosité du puits…

Le cahier se terminait par ces mots :

– Je crois que je suis prête. Ce soir c'est la pleine Lune. J'irai au puits.

Céline referma doucement le journal, perplexe. Prête à quoi ? Prête pour quoi ?… Elle ne voulait pas trop comprendre tout ce que tout cela signifiait…

Plongée dans sa lecture, elle n'avait pas prêté attention aux heures qui passaient… La nuit était déjà bien installée… Céline leva les yeux vers le ciel où la pleine lune affichait son opulente rondeur. La jeune femme eut une moue sarcastique : décidément, le décor était parfait !…

Plus troublée qu'elle ne voulait se l'avouer, impressionnée, malgré elle, par les événements de ces derniers jours, et bouleversée par le journal intime de sa sœur, elle posa ce dernier sur la table, se leva, et s'approcha de la fenêtre.

Dans le jardin le puits diffusait son halo de lumière. Ce soir, il semblait nimbé d'un éclat doré qui pulsait doucement, comme un cœur…

Céline sentit sa gorge se nouer : où était l'illusion ? Où était la réalité ?… Elle sentit obscurément qu'elle n'avait pas le choix : si elle voulait savoir, c'était maintenant ou jamais…

Elle se dirigea vers la porte, suivie par la chatte qui, collée à elle, semblait la pousser, la diriger, la soutenir, l'encourager…

Elle ouvrit la porte, sortit dans le jardin… Le puits brillait à présent d'un extraordinaire éclat, le jardin embaumait l'encens et le musc… Rien n'existait plus que cette lueur et ce parfum… Dans le silence de la nuit, Céline entendit la voix, maintenant familière, murmurer :

– Viens…

Il y eut un bref silence, un instant d'éternité suspendu dans le temps…

– Oui, dit Céline. Je viens.

**

Véronique Lambert-Rosemond s'arrêta devant le haut portail bleu, posa avec soulagement son lourd bagage, et sortit un trousseau de clefs de son sac à main. Après quelques tâtonnements, elle fit jouer l'une d'entre elles dans la serrure et entra. Surprise, elle marqua une pause : de la rue, rien ne permettait de deviner ce minuscule jardin au charme ancien, au fond duquel, harmonieuse et blanche, se dressait la maison sobrement décorée par ses persiennes bleues et la plaque fleurie, apposée au-dessus de l'entrée, qui annonçait « Villa Lilith ». La jeune femme referma le portail et s'y adossa, humant l'étonnant mélange de l'odeur entêtante du chèvrefeuille avec l'air marin.

Un des angles du jardin était occupé par un vieux puits, à la margelle en pierre usée par les années, sur laquelle un magnifique chat noir profitait nonchalamment du soleil de cette belle journée de mars. Sans s'émouvoir de l'irruption de Véronique dans son univers, le chat fixa sur elle un long regard vert puis, sans se presser, se leva, s'étira, sauta souplement à terre, et vint se frotter à ses jambes en ronronnant bruyamment. Véronique sourit et, se baissant vers l'animal pour le caresser, constata :

– C'est gentil à toi de me souhaiter la bienvenue… Je crois que je vais me plaire ici…

Noces de perles – Henri

Henri posa les bagages en poussant un soupir excédé et se retourna pour la regarder avancer :

– Alors, tu le fais exprès ou quoi ?

C'était pourtant lui le plus chargé, avec ces deux grosses valises pleines à craquer de choses qui, comme tous les étés, ne serviraient pas. Il poussa un nouveau soupir :

– Françoise ! Dépêche-toi !... Le taxi n'attendra pas !

Il jeta un regard irrité sur sa femme. C'était toujours pareil... Jamais pressée... Toujours à traîner... Lente... Tellement lente... Il la détailla pendant le temps qu'elle mit pour arriver à sa hauteur : engoncée dans sa robe à rayures bleues et blanches — sensée faire estivale — et juchée sur des chaussures à talons compensés, il la trouva encore plus boudinée que d'habitude. Il lança un rapide coup d'œil aux alentours, mais personne ne semblait leur prêter attention, ce qui le soulagea un peu. De toutes façons, à cette heure-ci, les rues étaient encore presque désertes...

Il sourit avec satisfaction, c'était une de ses victoires ce départ en vacances très matinal tous les ans. Elle avait horreur de se lever tôt et, bien entendu, il lui fallait un temps infini pour se préparer… Partir de Poitiers à 6 heures 23 pour arriver à Châtelaillon-Plage à 7 heures 43, c'était, pour elle, presque insurmontable. Aussi, tous les ans, il insistait pour arriver tôt, sous prétexte de mieux circuler, de prendre des trains moins chargés, de s'installer, et c'était un plaisir toujours renouvelé de la voir s'affoler, s'agiter, se dépêcher, frénétiquement mais sans grand succès, pour boucler en temps les derniers préparatifs… Elle avait bien essayé, une fois ou deux, de lui demander son aide, mais quoi… ce n'était tout de même pas à lui de terminer le repassage, de briquer la maison avant le départ, ou de faire les valises !… Lui, il se bornait à surveiller du coin de l'œil qu'elle n'oubliait rien de ce dont il pourrait avoir besoin et, rituellement, il s'occupait de l'achat des billets de train, des secondes, naturellement.

Une année, elle avait suggéré que ce serait peut-être plus confortable de prendre des premières, d'autant plus qu'ils ne voyageaient que l'été, pour ce mois de vacances, et qu'ils pouvaient utiliser leurs billets « congés payés ». Il se souvenait très bien de son air déçu quand il lui avait répondu que, pour la brièveté du trajet, c'était une dépense vraiment stupide…

En réalité, il ne voulait pas s'exhiber en première avec une femme dont, il fallait bien le reconnaître, il commençait à avoir honte. Non pas qu'elle fut plus laide ou plus ridicule qu'une autre… Non… Simplement, elle avait cinquante ans, faisait bien son âge, et les marques du temps accentuaient encore ce côté suranné qu'elle avait toujours eu.

Jamais elle n'avait fait vraiment moderne ou dynamique… C'était une femme simple, naturelle : pas du tout le genre à adopter les dernières tenues à la mode, les ongles peints, les cheveux colorés, le bronzage impeccable, et les bijoux exotiques.

Sa seule coquetterie, c'était sa mise en plis mensuelle, qu'elle réalisait elle-même, se transformant, pour une après-midi, en une sorte de monstre préhistorique, aux multiples crêtes bleues ou roses — selon la grosseur des bigoudis — mal dissimulées sous un fichu délavé. La voir ainsi affublée de ces rouleaux qui tiraient ses cheveux et ses traits, lui donnant un vague air de bouddha nostalgique, était un véritable remède contre le peu d'amour qu'il pouvait encore éprouver pour elle. D'ailleurs, l'avait-il vraiment aimée ?

Il haussa les épaules. Il lui fallait bien, quand même, être honnête et admettre que, trente ans avant, il avait été totalement conquis par cette gentillesse, cette simplicité, ce charme sans artifices, qui le changeaient des filles qu'il fréquentait habituellement. Avant son mariage, il avait adoré sortir jusqu'à l'aube, traîner de boîtes en boîtes avec sa bande de copains, boire, danser, et ramener au petit matin, quelque blonde sophistiquée, échouée en bout de nuit, pour passer de bons moments sans lendemain. Il avait eu ce qu'il était convenu d'appeler une vie de patachon dont il avait extrait tout le suc, tout l'intérêt, jusqu'à ce matin de gueule de bois où, face à son miroir, il s'était soudain trouvé désabusé et las, et où il avait décidé de mener une vie plus saine, plus calme, en un mot de se ranger.

Travaillant dans le même bureau que lui, Françoise, avec sa fraîcheur, son calme, son air naïf et ses grands yeux verts, lui était apparue comme l'antidote idéal à son passé, la compagne parfaite pour cette nouvelle vie qui se dessinait. Il s'était laissé attendrir par sa méconnaissance de la vie, son air désarmé devant la moindre difficulté, et sa lenteur proverbiale. Il avait été séduit par son inexpérience et son sourire timide. Son air de petite fille sage l'avait rassuré et, il devait bien l'avouer, excité aussi : quelle femme sommeillait derrière la jeune fille ? Que pouvait-il bien y avoir derrière cette apparence raisonnable ?…

Il eut une sorte de ricanement : rien… Il n'y avait rien… La femme que Françoise était devenue était toujours aussi simple, aussi naïve, désespérément ennuyeuse…

Il claqua la porte du taxi, résigné à subir le bavardage du chauffeur, un copain d'enfance de sa femme, s'enfonça dans le siège et dans un mutisme hostile, et la voiture démarra.

**

Il la laissa ouvrir la porte et les volets, baignant la maison de clarté, et sortit humer l'air matinal. Il ne l'aurait reconnu pour rien au monde, mais il aimait cet endroit… En épousant Françoise il avait, lui, le campagnard, découvert, à Châtelaillon-Plage, l'univers marin : la longue plage blonde où les vagues s'échouent en éclats d'écume, les marées et leur ballet perpétuel, les couchers de soleil rougissant la mer à perte de vue, les embruns, les mouettes, et la pêche…

De ses beaux-parents, avec qui il n'avait jamais pu trouver le moindre terrain d'entente, ne lui restaient que trois bonnes choses : la pêche — apprise avec Jean-Marie, le père de Françoise, au cours de longues sorties « entre hommes » — , le bateau « La patelle dorée » — sur lequel Henri partait seul, avec délices, pour de longues heures de bonheur en mer et de tranquillité (même s'il revenait souvent bredouille) — , et la maison — héritée par sa femme à la mort des vieux. Basse, ancrée dans le sol, face à la mer, surmontant le port des Boucholeurs et ses bateaux sagement rangés, la maison, traditionnelle demeure de marins, était chaude en hiver, fraîche en été, accueillante, solide et rassurante.

Si elle mourait avant lui (rêve qu'il caressait fréquemment), il hériterait de la maison et du bateau, et il avait déjà envisagé ce que serait sa vie ici…

Avec elle, il ne pouvait pas profiter pleinement de tous les agréments de la station… Bien sûr, il jouissait de la maison, du charme du port et du village des Boucholeurs — avec ses ruelles récemment repavées, sa place typique et le petit « Bar de la Marine » — des sorties en bateau, et des longues balades sur la promenade de la mer, mais il regrettait de ne pas participer à toute la vie estivale, ludique, festive et nocturne de la ville.

Sa journée de rêve, il se l'était maintes fois programmée en pensée : sortie matinale en bateau, à la première marée haute, retour pour déjeuner seul, chez lui, à l'abri des murs épais, puis après-midi sur la plage. Allongé sur sa serviette, moulé dans un maillot dernière mode, ses Ray Ban sur le nez, il se voyait déjà lorgner les jeunes femmes dénudées (une bonne chose cette mode des seins nus sur les plages…), les observant courir, se baigner, ou lascivement offertes au soleil… Après la plage, une bonne douche et, vêtu de blanc, direction un des nombreux restaurants en front de mer, puis le casino, pour y jouer quelques pièces ou y pour y finir la soirée à « La Licorne », à moins qu'il n'assiste à un des spectacles organisés au parc municipal ou sur le podium de la plage…

Mais rien de tout cela n'était envisageable avec Françoise, hormis la pêche, bien sûr… Elle n'aimait pas rester allongée sur la plage, où sa peau laiteuse grillait au moindre rayon de soleil, n'appréciait pas outre mesure les restaurants, à la cuisine trop raffinée à son goût, et détestait l'animation du casino et surtout de la discothèque… Née à Châtelaillon-Plage, fille de pêcheur, elle aimait surtout la mer, la mer à toutes heures et en toutes saisons, les longues promenades sur les grèves, la pêche (mais il avait su, au fil des ans, la dissuader de l'accompagner), le charme belle époque, la tranquillité et l'authenticité de sa ville lorsqu'elle était vidée des touristes…

Cette réserve, qui lui avait plu, chez elle, pendant les premières années de leur mariage, l'agaçait à présent. Il se sentait tenu, bridé, coincé… Il en venait à regretter la vie animée qu'il avait connue jeune homme et renâclait à se voir ainsi enfermé, condamné à une existence sans surprise alors, qu'à cinquante-cinq ans, il se sentait encore jeune, en forme, et même séduisant…

Debout, face à l'océan, les poumons gonflés par l'air du large qui le décoiffait en douceur et lui apportait le parfum de merveilles à venir, il se voyait, enfin libre, quittant sa vie étriquée et sa femme insipide pour un avenir exaltant, plein de promesses et de joies… Enfin libre, oui… Mais il en était loin !…

Il détourna son regard des bateaux qui, agités par les vagues, se balançaient doucement à leur mouillage, pour le poser sur la maison derrière lui, poussa un soupir résigné et se dirigea, à contre cœur, vers la porte où Françoise lui faisait de grands gestes amicaux.

**

Il ne savait plus trop à quel moment l'idée lui était venue… Il l'avait d'abord repoussée, surpris qu'elle soit arrivée à sa conscience, il l'avait refusée, la jugeant monstrueuse, et surtout, irréalisable, mais elle s'était imposée, légère mais tenace, se lovant presque subrepticement dans un coin de son esprit, y prenant peu à peu ses aises et même une certaine légitimité… Maintenant l'idée était là, bien présente, revenant le hanter aux moments les plus inattendus, le poursuivant jusque dans ses rêves, et il prenait même un malin plaisir à l'évoquer, la choyer, en étudier les multiples possibilités et les moindres détails : et s'il tuait Françoise ?…

Ce n'était encore qu'une question, une possibilité… Quelque chose que l'on évoque sans y croire vraiment, juste pour passer le temps, occuper un instant d'ennui, ou se faire plaisir. Le chemin était long qui menait de la question à l'affirmation puis à la réalisation… mais enfin, l'idée était là… Il se laissa aller à sourire.

– Oui, ma chérie, c'est très bon ! C'est une excellente idée !

La gourde !… Elle n'avait tout de même pas cru qu'il souriait pour le plat de rougets grillés ?… Mais si, probablement !… Elle restait là, à le regarder avec satisfaction, heureuse de lui faire plaisir. De la voir ainsi béate faillit lui donner la nausée. Cet amour sans faille qu'elle lui vouait l'avait fasciné au début mais, à présent, après trente ans de vie commune, il lui pesait chaque jour davantage, devenant de plus en plus difficile à supporter.

L'espace d'un instant, il l'imagina s'effondrant le nez dans le riz, foudroyée par une attaque soudaine. Il attendrait cinq à dix minutes pour appeler le médecin, juste pour être sûr qu'il n'y aurait plus rien à faire… Il la ferait enterrer là, au cimetière, avec ses parents : ça ferait bon effet auprès des amis qu'elle avait encore ici et, comme il restait une place dans le caveau, ça éviterait des frais supplémentaires pour l'achat d'une concession. Après quelques mois où il jouerait les veufs inconsolables, juste pour ne pas se créer d'inimitiés, tout le monde comprendrait bien que, ma foi, la vie continue, et, avec l'assurance vie qu'ils avaient souscrit l'un pour l'autre (dans l'euphorie des premiers mois de mariage), il pourrait ensuite cesser de travailler, et couler des jours heureux dans cette ville qu'il avait appris à aimer.

– Hein ? Oui, bien sûr que je veux un café !

Il soupira, brutalement ramené à la réalité. Il la regarda s'affairer, débarrasser la table, mettre le café dans le filtre, constatant, pour la xe fois, que, là où il fallait cinq minutes à n'importe qui, il lui fallait bien le triple, à elle, pour exécuter les mêmes choses.

Avec cette ridicule robe à fleurs, et sanglée dans un tablier à carreaux, elle lui rappelait sa belle-mère. Plus elle vieillissait, plus elle lui ressemblait : même silhouette, même pas traînant, mêmes intonations de voix et mêmes expressions désuètes.

– On dirait ta mère ! lui lançait-il parfois, excédé, mais elle semblait prendre la remarque pour un compliment, lui adressant en retour un sourire ravi qui finissait de l'irriter.

Il fixa le dos de sa femme en train de faire la vaisselle, notant les cheveux poivre et sel en désordre sur la nuque, le ballottement des bras, les oscillations imprimées au nœud du tablier par le balancement rythmique du corps et des fesses. C'était plus qu'il n'en pouvait supporter !

– Je sors. Je vais à la plage. La mer est haute dans une heure : je vais me baigner.

Pas la peine de lui proposer de l'accompagner : la réponse serait non. De toute façon, il n'en avait aucune envie ! Il enfila son slip de bain et un tee-shirt en un temps record, attrapa une grande serviette de plage, et partit en sifflotant.

La marée montante apportait avec elle un vent léger, rafraîchissant, agréable sous ce soleil de plomb. Henri descendit sur la promenade piétonne et décida de continuer, par le chemin des Douaniers et la promenade littorale, vers la plage devant le casino : plus fréquentée, plus touristique, elle était également mieux surveillée ce qui, pour Henri, était indispensable. En effet si, depuis son mariage et devant l'insistance de son beau-père (qui refusait de l'emmener à la pêche sans cette sécurité), il avait appris à nager, il restait cependant un nageur médiocre, vite essoufflé, vite épuisé, vite paniqué à la moindre vague…

Il marcha tranquillement, laissant son regard balayer la plage à la recherche d'un emplacement intéressant : libre, dégagé, et si possible avec des voisines accortes.

Pas loin du totem du chat, il trouva ce qu'il cherchait : une place qui semblait l'attendre avec, tout près, deux jolies métisses en grande conversation et, à peine plus loin, une séduisante blonde déjà dorée comme un brugnon. Il passa le plus près possible des deux jeunes filles — à elles deux, elles ne devaient pas totaliser plus de trente-cinq ans — , détaillant avec intérêt leur juvénile anatomie puis, après avoir adressé un engageant sourire à sa voisine blonde, il étala sa serviette, s'enduisit soigneusement le corps de crème solaire, et s'allongea, bien décidé à profiter du moindre instant de cette après-midi de liberté.

**

Il ouvrit les yeux, s'étira longuement et bailla à s'en décrocher la mâchoire. Par l'interstice des volets, un rayon de soleil se glissait déjà, familier et sans-gêne, jusqu'au lit. Il était tôt et, dehors, on n'entendait encore que quelques cris de mouettes et le ronronnement, régulier et rassurant, du ressac.

Son regard fit le tour de la pièce ; depuis la mort des vieux, Françoise avait préféré qu'ils occupent la chambre des parents, plus grande, plus pratique. La pièce, identique à ce qu'elle était du vivant de ses beaux-parents, n'avait pas été refaite. Il détailla avec mépris le papier peint ringard, pâli par les années, la grosse armoire paysanne dont les portes grinçaient à présent, la table de toilette où trônaient, depuis des lustres, la cuvette et son broc à fleurs roses, et, au mur, figés pour l'éternité dans leur cadre doré, Jean-Marie et Odile, le jour de leur mariage, qui le regardaient avec sévérité.

Ses yeux se posèrent ensuite sur sa femme, encore endormie. Dans l'abandon du sommeil, et sans ce maquillage (pourtant très discret) qu'elle appliquait pour la journée, elle lui parut soudain vieille et vulnérable. Ses traits, amollis par l'âge, gonflés par le sommeil, lui dessinaient un visage estompé, comme flou… Un souffle régulier s'échappait de ses lèvres entrouvertes en un léger ronflement. Sa main droite passée sous l'oreiller, elle dormait sur le ventre, le visage tourné vers lui. Au désordre du drap qui la recouvrait et de sa chemise de nuit, il devina qu'elle avait dû s'aérer pendant la nuit, rejetant draps et couvertures : encore ses bouffées de chaleur qui la perturbaient maintenant depuis six bons mois.

– Ma pauvre Françoise… C'est pas beau de vieillir…

Il éprouva une sorte de pitié à la voir ainsi diminuée. Comme si elle ressentait l'attention dont elle faisait l'objet, elle bougea un peu, marmonna quelque vague réflexion et s'enfonça à nouveau dans le sommeil. Ce bref mouvement suffit à Henri pour se ressaisir… Qu'est-ce que c'était que ce moment d'attendrissement ? Depuis le temps qu'elle lui gâchait la vie, qu'elle la lui pourrissait à chaque instant, il n'avait pas de sentiment à faire !

Il envisagea un court instant de prendre son oreiller et de lui appliquer sur le visage jusqu'à ce qu'elle soit étouffée. Il imagina avec délices les convulsions, les soubresauts du corps, les hoquets de moins en moins fréquents, et, enfin, la suffocation totale. Il fut presque tenté de passer immédiatement à l'action… mais, comment expliquer les choses ensuite ?… Est-ce que ça laissait des traces un meurtre par étouffement ?… Que pouvait deviner le médecin ?… Et s'il refusait de signer le permis d'inhumer ?… Il y aurait enquête… Non : ce n'était pas la bonne solution. Il lui fallait encore réfléchir… Ne pas se tromper… Après tout, il avait du temps devant lui… Surtout ne pas éveiller la méfiance de Françoise… Quoique, pour éveiller quoi que ce soit chez sa femme !… Il ricana.

Il se leva tout doucement et se dirigea en silence vers la salle de bains, où il passa un long moment à s'observer avec complaisance…

C'est vrai, les femmes, les pauvres, n'avaient pas de chance ! Mais elles n'y pouvaient rien : une fois que leurs hormones, brutalement, les lâchaient, commençait un lent processus de détérioration physique quasi inéluctable. Tandis que les hommes, enfin certains, comme lui, passaient les années, à peine marqués par le temps, sans ce « coup de vieux » soudain, avec simplement quelques rides et quelques cheveux blancs qui ajoutaient une nouvelle maturité à leur séduction... Ces pensées le remplirent d'aise, et il se sourit avec satisfaction : oui, il était plutôt séduisant... À cet instant précis, il se sentait près, comme disaient certains de ses collègues pour blaguer, à échanger sa femme de cinquante ans contre deux de vingt-cinq !... Sa mine se renfrogna : sa femme de cinquante ans... Françoise... toujours elle !...

Il avait bien envisagé, à une époque de divorcer. C'était il y a une dizaine d'années, lorsqu'il avait eu une aventure avec cette jeune intérimaire venue dans leur bureau quelques mois. Voyons... Comment s'appelait-elle déjà ?... Sandrine. C'est ça, elle s'appelait Sandrine. Il se souvenait parfaitement de son arrivée, un jour d'été, avec cette robe droite qui dégageait largement ses longues cuisses fuselées... Il se souvenait bien, également, du refus que la jeune femme avait d'abord opposé à ses avances, jusqu'à ce qu'il lui ait fait comprendre que, en tant que chef de service, il pouvait intervenir auprès de la direction si elle voulait garder la place, comme il pouvait, à l'occasion, pousser à la non reconduction de son contrat si elle ne se montrait pas, disons... compréhensive...

Commencée de cette façon un peu « bancale », cette petite histoire avait tout de même pris forme, et il avait alors sérieusement envisagé le divorce… Mais il fallait penser aux frais d'avocat, vendre la maison de Poitiers, achetée en commun, et surtout renoncer à Châtelaillon et à la pêche : Sandrine n'aimait pas la mer, et ne voulait passer ses vacances qu'en randonnées en montagne ou trekkings exotiques…

Après avoir mûrement réfléchi, il avait décidé de rester encore avec Françoise, et comme Sandrine se faisait de plus en plus pressante pour qu'il divorce, il avait suggéré au directeur que, finalement, elle ne faisait pas l'affaire dans son travail, qu'elle était négligente, voire malhonnête, et qu'elle ne pensait qu'à essayer de séduire les hommes du service. Moyennant quoi, le contrat n'avait pas été renouvelé et il n'avait plus eu de nouvelles de la jeune femme. Une affaire vite et bien réglée… S'il pouvait régler aussi bien la disparition de Françoise.

Il eut un rire méchant qui lui fit relever la tête. Dans ce mouvement, ses yeux croisèrent, dans le miroir, les yeux de sa femme arrivée derrière lui, silencieusement, sans qu'il s'en aperçoive. Le regard de Françoise lui parut étonnamment froid, presque calculateur, et il se sentit tout à coup mal à l'aise… Il se tourna vers elle avec un sourire étudié :

– Ah ! Ma chérie ! C'est bien que tu sois réveillée… Si nous allions au marché ?…

**

À Châtelaillon-Plage, le marché, ou plutôt les marchés, se décomposaient en plusieurs fragments : il y avait, tout d'abord, d'un bout de l'année à l'autre, le marché couvert, ouvert tous les matins. C'était le royaume de l'alimentation : pains dorés et croustillants côtoyant d'appétissants gâteaux, morceaux de viande aux couleurs vives, charcuteries variées, fruits et légumes en savantes pyramides, poissons frais et brillants, sagement couchés sur leur lit de glace… Plaisir de la vue, plaisir de l'odorat, promesses d'autres plaisirs à venir…

Les mardi et vendredi matins, le marché forain déroulait ses multiples étalages de vêtements, chaussures, gadgets variés, sacs à main, sacs à dos, sacoches et valises, articles de plage, jeux d'été ou divers, « vrais » souvenirs africains — parfois fabriqués en Ardèche —, antiquités, livres anciens et autres babioles et pacotilles habituelles. Il s'étalait sur le boulevard de la Libération, débordant largement dans la rue du Marché…

Enfin, en été, le Boulevard de la Mer accueillait les mercredis et dimanche soirs, le marché artisanal : pittoresque et coloré, il permettait à de nombreux artisans de venir y exposer leurs œuvres, favorisait la rencontre et le dialogue avec d'éventuels acheteurs, et ajoutait un attrait touristique à la ville.

Aller au marché était un des rares plaisirs partagés par Henri et Françoise. Là, la lenteur de sa femme ne gênait pas Henri, au contraire, car il aimait flâner entre les étals, prendre son temps, soupeser et comparer, chiner, marchander, sans pour cela acheter. Cela lui rappelait les marchés de son enfance lorsque, petit paysan endimanché, il accompagnait ses parents à la foire mensuelle, au bourg : c'était cette même agitation, ce même brouhaha de conversations dominé, de temps à autre, par un éclat de voix, un rire, une interpellation lancée d'un point à un autre ; c'étaient ces mêmes immuables mouvements de badauds, un côté montant, un côté descendant, le long des stands, le même aspect bigarré de la foule… Manquait ce mélange de sérieux et de fête, entre les transactions de la journée et le traditionnel bal du soir, manquaient surtout, pour Henri, les beuglements attristés des grands bœufs roux, les bêlements effrayés des brebis, le baratin intarissable des bonimenteurs et, par-dessus tout, les savoureux accents du patois limousin…

Une bouffée de nostalgie l'envahit… Il se revit, tenant fièrement la main de sa mère pour déambuler dans le village : sa mère, si belle, si raffinée, une citadine venue vivre au milieu des champs pour l'amour de son père. Elle était toujours élégante, cousant elle-même ses robes et costumes selon des patrons qu'elle faisait venir de Paris, tordant avec art ses longs cheveux bruns en chignons savants qui mettaient en valeur l'ovale pur de son visage… Et son parfum…

Lorsque le petit Henri était autorisé à rester pour la fin de la toilette de sa mère, c'était toujours le même miracle qui opérait : d'un petit flacon en verre curieusement découpé, sa mère prélevait quelques gouttes qu'elle déposait derrière les oreilles, aux creux de la nuque, des coudes et des poignets, et, parfois, à la naissance de la poitrine, et ces trois ou quatre petites gouttes, à peine visibles, enveloppaient tout à coup la femme et le petit garçon d'un enivrant tourbillon d'arômes, où se laissaient parfois deviner la suavité de la tubéreuse, la douceur de la vanille, la fraîcheur du gardénia ou la simplicité du muguet… Tout un monde de fleurs, d'odeurs, de sensations, par la magie de trois gouttes colorées… Fermant les yeux, il pouvait encore sentir ce mélange si caractéristique : le parfum de son enfance…

Sa mère n'était pas aimée dans le village : comment aurait-il pu en être autrement ? Trop différente des autres femmes, elle déclenchait des jalousies et des commérages qui se chuchotaient, à l'heure de la sieste, derrière les volets fermés, et qui finirent par s'échanger au grand jour lorsque la mère d'Henri, brutalement, partit pour suivre, à la fin de l'été, un professeur de piano parisien venu quelques mois en convalescence dans le pays. Les ragots et commentaires enflèrent en proportion de l'événement et puis, l'hiver passé, avec la reprise des travaux aux champs, la vie reprit son cours normal et on n'en parla plus… Seuls restèrent le père d'Henri, s'enfonçant chaque jour davantage dans le travail, le silence, et l'alcool, et le petit garçon, ballotté de pension en pension, gardant au creux de son cœur et de sa valise, le flacon bizarre, à jamais dépourvu de sa magie…

Henri poussa un soupir et sentit avec surprise, presque avec répulsion, le bras de sa femme s'accrocher au sien.

– Hein ?... Non, non ! Ça va !... Mais non !... Je n'ai pas soupiré !... Oui, je t'assure que ça va !... Mais dis donc, j'y pense : c'est notre anniversaire de mariage aujourd'hui !... Allez, je t'offre le restaurant ce soir !

Plus alerte, tout à coup, à l'idée d'éviter, pour une soirée, un tête-à-tête désolant avec elle, Henri se montra presque aimable pendant le trajet de retour. Ils passèrent par la plage, où les marchands de « chichis » ambulants, leur panier- surmonté d'un drapeau- en bandoulière, n'avaient pas encore fait leur apparition, regardèrent, de loin, quelques estivants, groupés autour du totem du poisson, entretenir, sous l'œil vigilant d'un moniteur, leurs abdominaux et leurs fessiers, et rentrèrent calmement, presque détendus, presque heureux d'être en vacances.

**

Il regretta son invitation lorsque Françoise, « habillée pour sortir », le rejoignit dans la cuisine. Mais comment se débrouillait-elle donc à chaque fois ?... Elle avait pourtant enfilé une robe bain de soleil sobre, curieusement assez seyante, rafraîchi sa mise en plis et soigné son maquillage. Qu'importe ! Elle avait une allure « bo-bonne » irrémédiablement... Il ricana. Elle avait l'allure de ce qu'elle était : une petite bonne femme sans prétention, sans intérêt, ennuyeuse et insignifiante.

Sans qu'il l'ait cherché, l'image de Françoise le jour de leur mariage lui apparut : intimidée et rosissante dans sa longue robe en organdi blanc, son léger voile rabattu sur son visage (mettant admirablement en valeur ses grands yeux verts), elle avançait dans l'église, ravissante et émue, au bras de son rustaud de père… Comme il l'avait trouvée belle et désirable ce jour-là !… Comme il avait été fier de sortir de l'église avec elle à ses côtés !…

Mais tout ça, c'était loin. Fini. Oublié. Henri s'était réveillé, quelques années après son mariage, comme on se réveille un lendemain de bombance, avec les yeux creux, un vague mal de tête, et un drôle de goût amer dans la bouche, en regrettant les agapes de la veille… à présent, c'en était trop. Il en avait trop supporté. Il n'en pouvait plus de cette vie mesquine, insipide, inodore où, à chaque instant, il se cognait aux barreaux. C'était maintenant ou jamais : il était grand temps de prendre son envol.

Là, planté dans la cuisine, devant cette femme qu'il considérait désormais comme une ennemie, il prit sa décision en un éclair : IL FALLAIT LA TUER. Ce n'était plus possible autrement. Cet anniversaire de mariage, le trentième, serait aussi le dernier. Oui. C'était décidé : ces vacances, il les finirait veuf et enfin libéré. Étonné lui-même de ne pas avoir compris plus tôt l'urgence de ce choix, heureux du futur à venir, il fit un large sourire.

– Mais oui, ma chérie, je te trouve très en beauté, ce soir. Aussi belle qu'il y a trente ans !…

Si elle avait pris son sourire pour un compliment, tant mieux ! Il fallait se montrer prudent : surtout qu'elle ne se doute de rien. Le temps de fignoler son plan… À nouveau, cette perspective le mit en joie, et il résolut même de se montrer magnanime : après tout, pour les quelques jours qui lui restaient, il pouvait bien essayer de se montrer aimable avec elle !…

– Prends un pull, ma chérie, tu auras peut-être froid pour rentrer. Et puis, dépêche-toi ! Nous avons une grande chose à fêter !…

Il avait choisi de manger au casino, en terrasse, pour profiter du spectacle, toujours affriolant, des jolies brésiliennes chantant et dansant, tous les soirs d'été, dans leur costume traditionnel…

Passant, pour s'y rendre tranquillement, par le Chemin des Douaniers, Henri nota les rochers, en contrebas du sentier, et la brèche faite dans la balustrade par la tempête de décembre… Ma foi ?… Pourquoi pas ?… On pouvait facilement expliquer un faux-pas… surtout après une soirée un peu arrosée… Il imagina le corps disloqué de Françoise, rebondissant comme une poupée de chiffon pour finalement s'immobiliser, déchiqueté… son visage figé, les yeux grands ouverts, un mince filet de sang coulant de ses lèvres… Non ! Pas assez sûr : les rochers n'étaient ni assez hauts, ni assez dangereux… Et si le choc n'était pas mortel ?… Si elle allait dire qu'il l'avait poussée ?… Et même si elle ne disait rien, en cas d'échec, comment refaire une nouvelle tentative alors qu'elle se méfierait ?… Il secoua la tête, mécontent : non… Il fallait trouver autre chose. Il fallait qu'il soit sûr de la tuer sans être inquiété, et sans risquer de perdre la liberté, l'héritage, et l'assurance vie…

– À quoi je pense ma chérie ? Oh… tu sais bien : à tout et à rien… À nous… J'imaginais les années à venir…

**

Le repas avait été une réussite et Henri s'en félicitait encore. Pas tellement du fait de la compagnie de sa femme (il y avait bien longtemps que cette seule présence ne suffisait plus à rendre une soirée agréable), mais par le repas lui-même, la boisson (ils avaient mangé au champagne, largesse qui avait surpris mais enchanté Françoise), la plastique des jolies brésiliennes et surtout, surtout, par l'idée brillante qu'elle avait eu au cours de la soirée : portée par la légère griserie de l'alcool, elle avait demandé avec insistance, comme une faveur pour leurs noces de perles, de pouvoir l'accompagner à la pêche la prochaine fois qu'il sortirait en mer. Jamais il n'aurait osé lui proposer lui-même, de peur qu'elle ne soupçonne quelque piège, mais là, venant d'elle, c'était une opportunité magnifique !…

Une fois seuls en mer, loin de tout regard indiscret, il lui serait facile de la pousser et, après l'avoir « aidée », lentement, à s'enfoncer dans les flots pour ne pas en remonter, il pourrait revenir au port, défait et catastrophé, pour signaler l'accident… Jamais il n'aurait pu rêver circonstance plus favorable !… Bien sûr, il faudrait penser à « oublier » les gilets de sauvetage, et peut-être même, bien accroché au bateau, se tremper — tout habillé — dans l'océan, pour expliquer ensuite, avec force détails, comment il avait essayé de la sauver... Oui !... Même en tournant et retournant l'idée dans tous les sens, il ne lui trouvait pas de défaut. Comme il avait projeté une partie de pêche le dimanche suivant, ce serait donc après-demain : plus que deux nuits et une journée de captivité !... Et puis, le jour du Seigneur, c'était un beau jour pour mourir... Il se tourna vers elle avec un sourire :

– Que dirais-tu d'un petit tour à la foire ?

Maintenant que sa décision était prise, que la date était fixée, il éprouvait une sensation complexe, mélange de soulagement d'être bientôt débarrassé d'elle et de regret à l'idée de la perdre : après tout, elle avait partagé trente ans de sa vie, devenant peu à peu une habitude commode, avec ses bons côtés... À deux doigts de réaliser son rêve, il ressentait comme une ultime hésitation, une vague appréhension, un remords anticipé peut-être...

Ce fut elle qui lui enleva ses derniers scrupules : ils venaient d'arriver sur la place Jean Moulin, où la fête foraine battait son plein, les attractions brillamment éclairées débordaient d'enfants rieurs et, s'arrêtant devant le manège où un gros Aladin débonnaire faisait tourner les touts petits, apeurés mais ravis, elle constata que vraiment, la seule chose qui leur manquait, c'était d'avoir eu des enfants.

C'était revenir sur une vieille cause de discorde, un conflit qui les avait opposés l'un à l'autre pendant des années et qui, jamais résolu, restait toujours sous-jacent. Dès le début de leur mariage, elle avait manifesté le désir de fonder une famille. Elle se voyait volontiers avec plusieurs enfants, ce qu'Henri traduisait par de nombreux ennuis, d'innombrables contraintes, et une femme déformée par les grossesses. Il avait donc d'abord refusé puis, devant son insistance irréductible, avait fini par accepter : d'accord, mais un seul enfant !…

Les années passant sans apporter la grossesse qu'elle désirait tant, elle avait consulté un gynécologue qui n'avait rien trouvé. Lui, avait toujours refusé les examens quels qu'ils soient : ce n'était tout de même pas son problème si elle était stérile ! Et puis, lui, cette situation l'arrangeait plutôt… Alors, ils en étaient restés là, malgré les demandes répétées de sa femme et le temps qui passait…

Qu'elle aborde à nouveau ce sujet, justement ce soir, alors qu'ils n'en avaient pas parlé depuis des années, c'était un signe. Il s'en trouva conforté dans sa décision : elle trouverait toujours quelque chose pour le persécuter. Finalement, elle avait bien cherché ce qui allait lui arriver !…

**

Le samedi soir, dernier soir de son calvaire, il termina tranquillement son café et s'installa devant la télévision. Il voulait voir le journal de vingt heures, et surtout, la météo : il ne s'agissait pas de prendre la mer en cas d'avis de gros grain ou de risque de tempête. Il voulait que tout soit réussi : une exécution en beauté… Son plan, repensé et retravaillé en détail de multiples fois depuis la veille au soir était parfait. Il se sentait serein, détendu, prêt, et même plutôt guilleret.

– Tu regardes la météo avec moi, ma chérie ? Pour une fois, ça nous concerne tous les deux !

Il la vit s'approcher, son torchon à la main, et constata sans regret que, plus jamais, il ne la verrait essuyer la vaisselle. Il faillit en rire de soulagement, se contint in extremis.

La météo était bonne, il n'y avait plus d'obstacle. Demain, ils partiraient donc à la marée haute de 5 heures 03, et il rentrerait seul, définitivement délivré…

À la télévision, une intrigue policière débutait et il décida de la regarder, trouvant la coïncidence amusante, et pour retarder le moment où, même si c'était pour la dernière fois, il devrait s'allonger près d'elle, où il sentirait son corps, son souffle…

Du coin de l'œil, il la vit ranger la vaisselle, balayer rapidement la cuisine, disparaître quelques instants dans la salle de bains pour en ressortir, vêtue d'une chemise de nuit hors d'âge, probablement créée pour détruire la moindre velléité de désir, puis s'engouffrer dans la chambre où, il le savait car c'était le même scénario tous les soirs, elle lirait un ou deux chapitres d'un de ces romans à l'eau de rose qu'elle affectionnait, se laissant même parfois attendrir jusqu'à verser une larme sur les malheurs de l'héroïne, puis se réjouissant de la conclusion heureuse et romantique inévitable… Comment pouvait-on être aussi mièvre ?… Il haussa les épaules : la question ne se poserait bientôt plus.

– Ne lis pas trop longtemps, ma chérie, tu ne pourras pas te réveiller demain !

Il respira profondément : il fallait qu'il se calme, qu'il reste lucide et vigilant. Il devait éviter de se laisser gagner par cette exultation, ce profond sentiment de victoire qu'il sentait monter en lui. Rien n'était encore joué… Et pourtant, que pouvait-il se passer ?… Il avait tout étudié, tout prévu, tout calculé… Pour elle, c'était terminé : sans même savoir qu'elle avait joué, elle avait déjà perdu. Il rit silencieusement…

Par la porte entrouverte, il vit qu'elle s'était endormie. Il éteignit la télévision. Tout était calme… Alors, dans cet instant privilégié où, seul bruit troublant le silence, il entendait le souffle léger du vent contre les volets, il eut envie de fêter, par anticipation, sa réussite. Il se servit un grand verre du vieux cognac des grandes occasions, s'assit dans le fauteuil profond réservé, pendant des années, à son beau-père, et, par petites gorgées, en connaisseur, dégusta avec gourmandise la liqueur ambrée, après l'avoir fait tourner dans le verre pour en exalter le goût, et l'avoir, conjuration ou provocation, levée en direction de la chambre en un dernier toast à sa femme…

**

Quelques voyageurs, en attente du train de 7 heures 29 pour La Rochelle (changement obligatoire pour Paris, Nantes, Bordeaux ou Poitiers) déambulaient le long du quai lorsque Françoise, un peu essoufflée, arriva dans la gare. Le chef de gare, très gentiment, l'aida à se repérer pour trouver sa place.

Tout le monde, d'ailleurs, avait été très gentil avec elle : les gendarmes, les voisins, le notaire de famille (qui lui avait expliqué comment tout régler au plus vite à Poitiers, ce qu'elle était partie faire), et surtout les sauveteurs en mer dont l'intervention, pourtant rapide, n'avait pu empêcher le drame : sous le choc, elle leur avait raconté comment Henri était tombé si rapidement du bateau qu'il s'était assommé dans sa chute, comment il avait coulé si vite que, malgré ses efforts désespérés, elle n'avait pu le sauver…

Françoise sourit d'un air rêveur… Bien sûr, elle n'avait dit à personne que c'était elle qui l'avait poussé, avec une force et une rapidité décuplées par trente années de haine et d'humiliation… Elle n'avait pas, non plus, expliqué comment elle avait pris le temps de préparer, minutieusement, son plan, pendant que lui, trop sûr de lui, ne se doutait de rien… Pas plus qu'elle n'avait raconté avec quelle jouissance elle avait attendu, avant d'alerter les secours, de le voir, sidéré puis paniqué, couler doucement, lentement, irrémédiablement…

Son sourire s'élargit, et elle s'installa dans son fauteuil avec un soupir d'aise ; c'est bien ce qu'elle pensait : on était quand même mieux en première !…

Noces de perles – Françoise

Henri posa les bagages en poussant un soupir excédé et se retourna pour la regarder avancer :

– Alors, tu le fais exprès ou quoi ?

Partir de Poitiers à 6 heures 23 pour arriver à Châtelaillon-Plage à 7 heures 43 c'était, pour Françoise, qui n'était pas matinale, presque insurmontable ! Pourtant, juchée sur des chaussures à talons compensés, dernière mode de cet été, et consciente de l'agacement de son mari, elle accéléra le pas comme elle le pouvait, désireuse de ne pas gâcher ce début de vacances.

Henri n'avait jamais été patient mais, au fil des années, il était devenu de plus en plus intolérant, exigeant, difficile…

C'est vrai qu'elle n'avait jamais été très rapide. Ses amis d'enfance, ses collègues, lui disaient qu'elle était calme et posée mais Henri, après quelques années de mariage, avait commencé à lui reprocher sa lenteur, sa mollesse comme il disait, avec une exaspération de plus en plus perceptible et des propos de plus en plus acerbes au fil du temps.

Paniquée, dès qu'elle faisait quelque chose, à l'idée que son mari ne la trouve lambine, voire faignasse, selon ses propres termes, elle perdait, dans sa bonne volonté inquiète, tous ses moyens, et mettait alors trois fois plus de temps, pour réaliser le moindre geste, qu'il ne lui en aurait fallu si elle avait été seule… Françoise s'en voulait de cette faiblesse et, en même temps, elle se rendait bien compte que la moindre initiative, la moindre action, le moindre geste de sa part indisposait, voire irritait son mari avec une intensité croissante avec le nombre de leurs années de mariage.

Petit à petit, elle en était venue à faire sienne l'opinion d'Henri, inlassablement répétée par ce dernier, et elle se voyait par les yeux de son mari : moche et quelconque, empâtée par l'âge –pas même par les grossesses qu'elle n'avait pas eues-, lente et incapable, stupide. Elle avait appris à se calquer sur ses désirs à lui, plus importants, sur ses opinions, plus judicieuses, et, surtout, avait aménagé leur vie pour qu'il ne soit pas contrarié, pour ne pas déclencher une de ses violentes colères.

Après trente ans de mariage, elle se savait inintéressante et maladroite, et était presque reconnaissante à son mari de rester avec un être aussi falot qu'elle…

Du moins jusqu'en mai dernier…

– Françoise !… Dépêche-toi !… Le taxi n'attendra pas !

**

Françoise repoussa les volets contre le mur, ouvrant grand les bras comme pour accueillir le léger vent marin et le soleil qui s'engouffrèrent par la fenêtre ouverte. Elle resta ainsi quelques instants, profitant de cette pause heureuse, quasi sensuelle, dans sa journée. Laissant le soleil et la brise caresser ses bras nus, elle se surprit à rêver à d'autres caresses, depuis longtemps disparues…

Les premières années de son mariage avaient été des années de découverte pour elle qui n'avait jamais eu de « petit ami ». Jeune fille timide et réservée, fille unique, arrivée sur le tard dans un couple aimant, certes, mais anxieux et hyper protecteur, elle ne connaissait, pour ainsi dire, rien de la vie, lorsqu'elle avait rencontré Henri.

Elle se souvenait de sa fascination pour ce jeune homme charismatique, blagueur, et à la sulfureuse réputation de Dom Juan, qui avait débarqué dans l'univers feutré et sans surprise de l'administration où elle travaillait comme comptable. Lui, au début, ne lui avait guère prêté attention, auréolé qu'il était par ses succès féminins et par son ascension professionnelle rapide. En un an, il était devenu indispensable à leur directeur, et avait ainsi rapidement gagné ses galons de chef de service.

On disait qu'il avait mis dans son lit tout ce que le bureau comptait de femmes jolies ou bien placées, mais ce n'étaient, probablement, que des propos de mauvaises langues jalouses…

Elle ne savait pas pourquoi il s'était, soudainement, intéressé à elle, mais il avait entrepris une cour assidue et, fascinée comme elle l'était déjà, elle n'avait pas tardé à succomber à ce grand jeune homme, élancé et sportif, aux yeux pétillants et au sourire charmeur.

Elle sourit amèrement : l'homme qu'elle voyait de dos, au loin, face au port, n'avait plus grand-chose en commun avec le Henri dont elle était tombée éperdument amoureuse ! Bien que non encore bedonnant, il s'était pourtant empâté avec l'âge, et son physique de quinquagénaire, quoique soigneusement entretenu par le sport régulier, accusait quand même les années passée. Ses yeux, pâlis par les ans et la consommation régulière d'alcool, n'avaient plus rien de pétillants. Quant au sourire, son pli, en tous cas quand il s'adressait à elle, était devenu plus sarcastique que charmeur…

Elle referma les bras sur elle, comme pour se protéger, et soupira. Depuis combien de temps ne l'avait-il pas prise dans ses bras à lui ? Depuis combien de temps l'avait-il embrassé autrement que distraitement, sur le front ou la joue ?…

Elle soupira à nouveau… Elle gardait de sa nuit de noces et des quelques années qui avaient suivi un souvenir émerveillé. Bien entendu, en dépit de l'insistance d'Henri, il ne s'était rien passé de « charnel » entre eux avant le mariage : pour Françoise c'était tout bonnement inenvisageable ! en revanche, la cérémonie passée, qui avait officialisé leur union, leur attribuant, dans le même temps, un « permis » de la consommer, Françoise avait découvert un monde de sensations nouvelles et inattendues… Mais le mari empressé, tendre, attentif et patient s'était malheureusement progressivement transformé en une sorte de ruffian pressé qui, maintenant et depuis longtemps, foin des préliminaires, prenait un plaisir rapide avant de ronfler bruyamment, la laissant insatisfaite et désemparée…

Cela aussi, elle avait appris à le gérer, reconnaissant que, bien sûr, elle ne devait plus être bien désirable, et elle se contentait donc, pour avoir la paix, de « passer à la casserole » comme disaient ses vieilles collègues…

Décidée à ne pas trop se gâcher les vacances qui s'annonçaient, et voyant que Henri, près du port, se tournait vers la maison, elle chassa ses pensées négatives, agita un bras amical, et rentra préparer le déjeuner.

**

Tout en mettant la table et en surveillant la cuisson du riz et celle des rougets en train de griller, Françoise se demanda à quel moment elle avait bien pu commencer à regarder son mari autrement que comme celui qui détenait la vérité, autrement qu'une sorte de Dieu domestique. En mai dernier, peut-être ?…

Elle laissa son esprit la ramener bien avant, en février mars, date à laquelle elle avait reçu une lettre d'une vieille amie de La Rochelle. Cette dernière avait entrepris de retrouver la majeure partie du groupe de copains de terminale et d'organiser, le premier mai, plus de trente ans après leur Bac, une soirée de « retrouvailles » pour ceux qui le souhaitaient. Dans un premier temps, le courrier avait amené une terrible scène de la part d'Henri qui ne voulait pas qu'elle assiste à cette soirée, désirant l'empêcher de retrouver de vieux copains comme il avait, progressivement et insensiblement, éliminé tous ses proches à elle comme elle s'en rendait compte à présent.

Françoise, elle-même, consciente de sa banalité, tant physique que professionnelle, avait, d'emblée, songé à refuser l'invitation, mais l'opposition d'Henri et un obscur désir de renouer avec son passé l'avaient, pour une fois, poussée à tenir bon et à envoyer son accord.

Elle avait commencé, pendant des semaines, par étudier sa garde-robe pour savoir ce qu'elle allait porter… Elle avait pris un rendez-vous chez le coiffeur et la manucure, au grand dam de son mari, et, même, acheté une nouvelle robe dont la couleur mettait en valeur le vert de ses yeux.

Un je ne sais quoi, sur lequel elle n'aurait pu mettre un nom, la poussait à tenir tête à Henri, à se préparer comme s'il se fût agi de la soirée la plus importante de sa vie… Elle se disait qu'elle était mue par la nostalgie du passé…

Quelques semaines après sa réponse positive, elle reçut la liste des participants pressentis et son cœur s'accéléra à sa lecture … Il y avait là, dans une simple liste, des amies perdues de vue, des copains dont le prénom lui faisait chaud au cœur, des rires et des fous rires, des émotions et de la tendresse, des espoirs juvéniles et des rêves d'avenir, des odeurs de craie, des déceptions, des voyages scolaires ringards mais inoubliables, des frayeurs d'adolescents et des prémices de vie future et, là, perdu dans ce maelström de sensations, il y avait aussi Raphaël…

Raphaël, son premier amour. Amour platonique et, elle l'espérait, secret. Raphaël et sa grande silhouette dégingandée, sa nonchalance étudiée, ses yeux à paillettes… Raphaël et cette passion de la littérature qu'ils partageaient, pendant des heures, au fil de longues discussions animées… Raphaël qui lui avait fait découvrir les musées de la ville, la musique classique, la poésie et la moto au long des heures creuses de leur emploi du temps lycéen… Raphaël, dont le souvenir s'était estompé après son départ à l'étranger, le Bac en poche, mais qui palpitait, comme une petite étincelle cachée du passé, au fond de sa mémoire…

Était-ce là, à cet instant, envahie par ce passé heureux, qu'elle avait commencé à porter un œil critique (plus objectif ?) sur son mari, son couple, sa vie ?… Non… Même si elle n'avait pas voulu le reconnaître avant, cela datait de plus longtemps, elle le savait… Elle haussa les épaules… Quel que soit le moment où elle avait commencé, sa prise de conscience lui semblait, à présent, avancer de façon effrayante et inexorable…

Elle se secoua, comme s'ébrouant, et, constatant que le déjeuner était prêt, elle appela Henri.

**

– Je sors. Je vais à la plage. La mer est haute dans une heure. Je vais me baigner.

Les mains dans la vaisselle, Françoise acquiesça sans se retourner. Ce n'était pas la peine de lui proposer de l'accompagner : il refuserait, elle le savait. Il préférait être seul pour lorgner, tout à loisir, les jeunes femmes qui lézardaient sur la plage, et caresser le rêve de les séduire, en dépit de son âge et de ses approches peu subtiles et démodées.

Elle eut un sourire sans joie : elle était bien placée pour savoir que l'insistance d'Henri finissait souvent par faire céder ses cibles… Flattées d'être l'objet d'une attention si marquée, amusées, lasses, intéressées, curieuses, voire même séduites, les femmes cédaient, finalement, à Henri, et Françoise le savait déjà, bien avant qu'il ne s'intéresse à elle.

Au début de leur mariage, elle avait pensé que son mari, amoureux, ne tournerait plus ses attentions vers d'autres femmes qu'elle, mais, au bout de quelques années, elle avait senti qu'il s'éloignait, qu'il devenait indifférent…

Si elle en avait douté, l'épisode « Sandrine » aurait fini de lui ouvrir les yeux…

Françoise poussa un léger soupir, finit d'essuyer la dernière assiette et la déposa, précautionneusement, dans le vaisselier qui avait appartenu à sa mère, à sa grand-mère, et même, avant elle, à son arrière-grand-mère. Par la fenêtre, ses yeux se posèrent sur le port et, au-delà, la mer… La mer qui lui avait valu de garder son mari ce qui, à présent, lui paraissait bien moins souhaitable qu'à l'époque, quand elle en avait discuté avec Sandrine…

Elle se souvenait encore de l'arrivée de la jeune stagiaire dans leurs bureaux, des regards appréciateurs des collègues masculins, de la prévenance d'Henri… Et puis, très vite, des bruits de couloir, des conversations qui s'arrêtaient à son arrivée dans une pièce, des réflexions à mots couverts… Elle leva les yeux au ciel : l'avaient-ils donc tous crue si bête pour avoir pensé qu'elle n'avait rien remarqué ?…

Depuis son mariage, elle avait appris à connaître son mari, et elle avait su, tout de suite, deviner sa liaison avec Sandrine. Dire qu'elle en avait souffert aurait été un peu exagéré. Avec les années, elle avait acquis une résignation philosophe qui la protégeait des grands désespoirs, comme des grands espoirs d'ailleurs… Pour elle, sa vie était ainsi organisée, quotidienne et rassurante, et cette stabilité, obtenue par un savant équilibre entre refus de savoir, déni et résignation, lui tenait lieu de sérénité sinon de bonheur.

La situation aurait ainsi pu s'étirer définitivement, dans une sorte de vague non-dit et d'improbable statu quo mais Sandrine, encore assez jeune pour être honnête, avait voulu « mettre les points sur les i ». Elle s'était attardée, un matin, près de la machine à café, attendant l'heure où Françoise, toujours ponctuelle dans ses habitudes, venait prendre son cappuccino. Elle lui avait révélé toute l'histoire, détails à l'appui… En confirmant ainsi à Françoise l'infidélité de son mari, Sandrine lui avait aussi ouvert les yeux sur un pan inconnu du caractère d'Henri, en lui révélant pourquoi il avait choisi de rester avec elle, sa femme, et comment il l'avait fait renvoyer, elle, sa maîtresse.

C'est alors que Françoise avait compris que, tant qu'elle offrirait à Henri son train-train quotidien sans lui poser de questions, et ses séjours à Châtelaillon-Plage sans lui imposer de contraintes, elle ne le perdrait pas.

Elle se souvenait de son soulagement après cette découverte… Actuellement, ce qu'elle avait pris pour un avantage commençait à lui paraître un gros, très gros, handicap !…

**

Réveillée par les cris familiers des mouettes, mais bercée par le ronronnement régulier et rassurant du ressac, Françoise, sans ouvrir les yeux, laissa tous ses autres sens prendre le relais, à l'affût…

Pas de ronflement ni de souffle près d'elle, pas de mouvement, pas de présence : Henri était déjà debout.

Françoise s'étira et se réinstalla dans le lit avec volupté, prenant toutes ses aises… entre sommeil et veille, elle laissa son esprit vagabonder, revenir à cette réunion de copains de lycée, à cette soirée du premier mai qui, il lui fallait l'avouer, l'obsédait.

La soirée avait été très agréable, avec l'impression, pour tous, de se retrouver après de longues vacances sans avoir tellement changé. Tout de suite étaient réapparues les anciennes sympathies, les connivences, les blagues potaches, et une sincérité étonnante dans les propos et les confidences sur leurs vies actuelles. Ils s'étaient retrouvés, comme d'une même famille, avec une liberté de ton rafraîchissante et les mêmes points communs. Bien sûr, les physiques avaient changé, et il avait fallu presque deviner qui était qui… Fous rires et étonnement assurés !…

Le choc, pour Françoise, avait été de revoir Raphaël : toujours mince (à l'inverse de certains vieux copains qui arboraient sans complexe leurs rondeurs de quinquagénaires), charmeur, drôle, et si attentif… Il avait passé une grande partie de la soirée près d'elle, la complimentant sur le choix de sa robe et sur ses yeux verts, toujours aussi extraordinaires, restaurant en un clin d'œil leur ancienne complicité, la faisant rire aux éclats, ce qu'elle pensait ne plus savoir faire.

Sans savoir comment, elle s'était retrouvée avec lui, un peu à l'écart des autres, lui racontant sa vie ratée, le désintérêt, voire l'hostilité d'Henri, l'absence d'enfant… et elle avait presque cru rêver lorsque Raphaël, prenant sa main dans les siennes, lui avait soufflé :

– Quitte-le. Il ne te mérite pas. Si tu ne sais pas où aller, n'hésite pas, viens chez moi. Je me suis installé à La Rochelle.

Depuis, elle se repassait cette phrase en boucle dans sa tête, sentant presque encore la chaleur des mains de Raphaël sur la sienne et, même si elle avait eu du mal à l'admettre, ne rêvait plus que de retrouver ce dernier…

Son mari, avec qui elle avait appris à vivre dans l'indifférence et la résignation et dont elle supportait avec philosophie les écarts de conduite, les colères, les envies physiques –heureusement de plus en plus rares- lui semblait à présent un insurmontable obstacle à son bonheur.

Elle écouta attentivement les bruits de la maison. Le silence total révélait qu'Henri était soit sorti (ce qui était improbable à cette heure) soit en train de s'observer avec complaisance dans le miroir de la salle de bains (hypothèse plus vraisemblable le connaissant). Elle ouvrit les yeux, détaillant avec nostalgie ce qui avait été la chambre de ses parents : le papier peint suranné, qui lui rappelait son enfance, la table de toilette, avec la cuvette et le broc à fleurs roses qui servait, à présent, de vase, et, au mur, ses parents eux-mêmes qui la regardaient avec cet air de dire « on te l'avait bien dit », eux qui s'étaient, d'emblée, opposé à ce mariage, et ne s'y étaient résolus à regret que devant son insistance….

Brutalement, Françoise s'assit dans le lit, sidérée de voir s'imposer à son esprit, comme une évidence, cette idée incongrue qui y avait germé depuis quelques mois…

Elle ne savait plus trop à quel moment l'idée lui était venue… Elle l'avait d'abord repoussée, surprise qu'elle soit arrivée à sa conscience, elle l'avait refusée, la jugeant monstrueuse et, surtout, irréalisable, mais elle s'était imposée, légère mais tenace, se lovant presque subrepticement dans un coin de son esprit, y prenant peu à peu ses aises et même une certaine légitimité… Maintenant l'idée était là, bien présente, revenant la hanter aux moments les plus inattendus, comme ce matin, la poursuivant jusque dans ses rêves, et elle prenait même un malin plaisir à l'évoquer, la choyer, en étudier les multiples possibilités et les moindres détails : et si elle tuait Henri ?…

Ce n'était qu'une question, une possibilité… Quelque chose que l'on évoque sans y croire vraiment, juste pour passer le temps, occuper un instant d'ennui, ou se faire plaisir. Le chemin était long qui menait de la question à l'affirmation, puis à la réalisation… mais enfin, l'idée était là…

Mue par une impulsion subite, elle se leva et se dirigea vers la salle de bains où, comme elle s'y attendait, son mari se contemplait avec satisfaction… À cet instant, ses yeux croisèrent, dans le miroir, ceux d'Henri qui, du coup, se retourna et lui dit avec un surprenant sourire :

– Ah ! Ma chérie ! C'est bien que tu sois réveillée… Si nous allions au marché ?…

**

Françoise ferma soigneusement les agrafes du soutien-gorge sans bretelles et entreprit de le faire glisser pour passer l'attache à l'arrière. Elle n'avait pas trop l'habitude de ce genre de lingerie mais, pour mettre la robe bain de soleil qu'elle avait choisie pour aller au restaurant, c'était indispensable ! Après avoir bataillé pour l'installer correctement, elle prit le temps de se regarder dans le grand miroir qu'Henri avait fixé derrière la porte…

Son premier réflexe fut de grimacer devant le reflet décevant qui lui était renvoyé : courbes un peu trop généreuses, loin de sa minceur juvénile, ventre discrètement arrondi, là où il était plat, rides disgracieuses dans le cou et autour des yeux… Cependant, à y regarder mieux, elle finit par trouver quelques atouts à ce double au miroir : silhouette encore relativement jeune, fesses fermes, et grands yeux verts inchangés…

Elle sourit : finalement, elle n'était pas si mal « conservée » comme on disait pour les femmes de son âge !… Et, pensant aux propos de Raphaël, elle décida de compléter le tout par un discret maquillage et une touche de parfum. Pour elle… pour Raphaël… Pas pour Henri, bien sûr, qui ne remarquait plus rien depuis bien longtemps !…

Plongée dans le regard de son reflet, miroitante mouvance, les yeux dans ses yeux, elle lâcha la bride à ses pensées, laissant ses mains agir mécaniquement pour poser délicatement ombres à paupières, blush, ou ricil.

La petite pensée insidieuse qui s'insinuait depuis quelques temps dans son esprit revint en force, obsédante, maléfique, inéluctable… Françoise se vit, enfin sereine, riant auprès de Raphaël… Elle se vit, délivrée d'Henri, volant vers un futur apaisé… Elle ferma les yeux un instant, submergée par le bonheur qu'elle ressentait… Elle soupira profondément…

Lorsqu'elle ouvrit les yeux, elle se sentit une autre Françoise. Elle se détailla sans complaisance et ne trouva, soudain, plus grand-chose à redire. Elle se sourit avec une confiance nouvelle et, s'adressant à la femme qui l'observait dans le miroir, elle énonça cette soudaine évidence :

– Je vais le tuer.

Sur ce, elle s'enveloppa d'un nouveau nuage de parfum, et quitta la pièce.

**

Tout avait été simple. Tellement simple !… Finalement, les hommes étaient faciles à berner !… Si elle l'avait su avant, comme sa vie en aurait été changée !…

Françoise s'autorisa un sourire satisfait. Elle attrapa le démaquillant et, tout en se passant avec méthode le coton sur le visage, se remémora sa soirée.

Quand elle était arrivée dans la cuisine, elle avait bien perçu le ricanement sarcastique de son mari, mais, à présent, il ne pouvait plus l'atteindre : elle était La Nouvelle Françoise, celle qui serait bientôt veuve, avec une coquette assurance vie (contractée au début de leur mariage) et au bras d'un homme aimant…

Un bref instant, elle vit, dans le miroir, comme un reflet du visage de Raphaël et elle lui adressa un sourire heureux.

La soirée s'était plutôt bien déroulée. Avec sa nouvelle personnalité, Françoise avait acquis comme une sensibilité exacerbée vis-à-vis d'Henri. Elle avait l'impression de pouvoir percevoir ses pensées, la moindre de ses intentions…

C'est ainsi qu'elle avait compris, sur le Chemin des Douaniers, aux regards évaluateurs qu'il lançait aux rochers en contrebas, que, lui aussi, projetait de la tuer. Loin de l'effrayer, cela l'avait fait rire, invulnérable qu'elle était de par son nouvel amour. Elle avait, tacitement, accepté cette partie d'échecs, jeu qu'elle avait adoré avant son mariage, mais dont les pièces, désormais inutiles, dormaient depuis longtemps dans la petite bibliothèque du salon…

Avec ses anciennes intonations de brave petite épouse, elle avait demandé à son mari à quoi il pensait, et sa réponse » À quoi je pense ma chérie ? Oh… Tu sais bien : à tout et à rien… À nous… J'imaginais les années à venir… » avait fini de la convaincre. Le connaissant, et sachant l'état de leur vie de couple, penser aux années à venir ne pouvait absolument pas lui donner cet air quasi souriant…

Fallait-il qu'il la croie idiote !… Avait-elle donc été si niaise et si falote au cours de ces trente dernières années ?… Elle haussa les épaules. Oui, probablement !… Mais c'était fini ! FI-NI !

Le reste de la soirée n'avait fait que la conforter dans sa décision et dans sa certitude qu'Henri en était arrivé au même point qu'elle. Elle sourit : au moins ils avaient encore une chose en commun !…

Elle l'avait laissé penser qu'elle était ravie de dîner au champagne, et avait même simulé une légère griserie pour insister sur son désir de partir à la pêche avec lui. L'imbécile !… Il fallait voir comme il avait mordu à l'hameçon !… Elle sourit de ce bon mot… C'était presque comme si elle avait vu les rouages du cerveau de son mari se mettre en marche, imaginant déjà comment il la pousserait à l'eau une fois hors de vue… Retors comme il était, elle était sûre qu'il avait même pensé qu'il faudrait qu'il se mouille un peu pour faire croire qu'il avait essayé de la sauver !…

Ça pour se mouiller, il allait se mouiller ! Elle partit d'un grand éclat de rire qu'elle stoppa net. S'il allait l'entendre ?… Elle entrouvrit précautionneusement la porte de la salle de bains et jeta un œil vers la chambre. Pas de risque. Le champagne aidant, Henri ronflait déjà sous les draps.

Elle referma la porte et termina sa toilette, se surprenant à chantonner « un jour mon prince viendra ».

**

Ce samedi soir, comme tous les soirs, Henri termina son café et changea de place pour se caler, confortablement, devant la télévision, pendant qu'elle débarrassait et se mettait à la vaisselle. Elle sourit en pensant que c'était la dernière fois qu'elle lui servait de « bonniche ». Fini le ménage, la vaisselle !… Raphaël ne semblait pas le genre d'homme à laisser tout faire à son épouse…

Elle entendit son mari l'appeler :

– Tu regardes la météo avec moi, ma chérie, Pour une fois, ça nous concerne tous les deux !

Mon pauvre Henri, pensa-t-elle, c'est bien la dernière fois que ça te concerne ! Elle faillit en rire de soulagement, se contint in extremis.

La météo était bonne. Il n'y avait plus d'obstacle. Demain, ils partiraient donc à la marée haute de 5 heures 03, et elle rentrerait seule, définitivement délivrée…

Le laissant devant la télévision, elle finit le ménage, fit sa toilette, et alla se coucher. Elle n'avait pas envie de lire ce soir… Elle s'allongea, laissa son esprit vagabonder dans un futur sans nuages et, sereinement, s'endormit.

**

Quelques voyageurs, en attente du train de 7heures 29 pour La Rochelle (changement obligatoire pour Paris, Nantes, Bordeaux ou Poitiers) déambulaient le long du quai lorsque Françoise, un peu essoufflée, arriva dans la gare. Le chef de gare, très gentiment, l'aida à se repérer pour trouver sa place.

Tout le monde, d'ailleurs, avait été très gentil avec elle : les gendarmes, les voisins, le notaire de famille (qui lui avait expliqué comment tout régler au plus vite à Poitiers, ce qu'elle était partie faire), et surtout les sauveteurs en mer dont l'intervention, pourtant rapide, n'avait pu empêcher le drame : sous le choc, elle leur avait raconté comment Henri était tombé si rapidement du bateau qu'il s'était assommé dans sa chute, comment il avait coulé si vite que, malgré ses efforts désespérés, elle n'avait pu le sauver…

Françoise sourit d'un air rêveur… Bien sûr, elle n'avait dit à personne que c'était elle qui l'avait poussé, avec une force et une rapidité décuplées par trente années de haine et d'humiliation… Elle n'avait pas, non plus, expliqué comment elle avait pris le temps de préparer, minutieusement, son plan, pendant que lui, trop sûr de lui, ne se doutait de rien… Pas plus qu'elle n'avait raconté avec quelle jouissance elle avait attendu, avant d'alerter les secours, de le voir, sidéré puis paniqué, couler doucement, lentement, irrémédiablement…

Son sourire s'élargit, et elle s'installa dans son fauteuil avec un soupir d'aise : c'est bien ce qu'elle pensait : on était quand même mieux en première !…

**

Françoise s'attarda quelques instants devant la porte avant de sonner.

Raphaël avait été très présent, auprès d'elle, après la mort d'Henri. Il l'avait épaulée pour l'enterrement et les démarches. Il se montrait attentif, compréhensif, amical, mais peut-être pas aussi empressé qu'elle l'aurait souhaité… Qu'importe ! Cette invitation à dîner, aujourd'hui, était l'occasion qu'elle attendait pour faire évoluer la situation en sa faveur… Elle le sentait, quelque chose d'important allait se passer aujourd'hui !…

Elle avait passé la matinée chez le coiffeur et, reléguant ses cheveux mi-longs et mises en plis aux oubliettes, avait adopté une coupe courte, moderne, qui mettait ses yeux en valeur et lui donnait dix ans de moins.

Sur sa lancée, elle avait opté pour un jean, certes de coupe classique, et un joli chemisier en soie fluide qui lui donnaient une silhouette dynamique qui seyait bien à son nouvel état d'esprit.

Elle respira à fond et appuya sur la sonnette en pensant « c'est ce soir ou jamais ! ».

La porte s'ouvrit sur Raphaël dont les yeux s'écarquillèrent de surprise :

– Oh ! Françoise ! Tu es absolument ravissante ce soir ! Je suis si heureux que tu aies accepté mon invitation !

Et, avant que Françoise, émue aux larmes par cet accueil, ait le temps de prendre la parole, il ajouta, en s'effaçant un peu pour dévoiler l'homme qui se tenait derrière lui :

– C'est tellement important pour moi de pouvoir te présenter Enrique. Nous nous sommes mariés à Barcelone il y a cinq ans !

Petit conte de Noël

Kylian poussa un profond soupir et remonta le col de son blouson. Trempé par la pluie, fine mais permanente, depuis sa sortie de l'école, transi par le vent glacial de novembre, il était, surtout, mort de peur. Il ne lui restait que quelques rues à parcourir pour regagner son appartement mais ces derniers mètres recelaient toutes ses angoisses et tous les dangers…

Bien sûr, Kylian habitait un quartier réputé « mal famé » pour les braves gens du centre-ville, mais, du haut de ses neuf ans, « bien ou mal famé » étaient des notions qui ne lui disaient pas grand-chose. Tout ce que voyait le petit garçon c'était que, dans ce lacis de rues à venir, ce labyrinthe urbain que pourtant il connaissait comme sa poche, il risquait de croiser l'une ou l'autre des bandes qui se disputaient la mainmise sur le quartier et cette éventuelle rencontre ne lui disait rien qui vaille. Que ce soit la bande du grand Jonathan, celle de Mouloud, ou même celle menée par sa demi-sœur, Kimberley, le risque était le même : enfant grassouillet, pataud, rêveur et affublé de grosses lunettes, il était l'éternelle victime de leurs lazzis, vexations ou agressions…

Il s'arrêta brutalement, croyant avoir entendu un bruit sur sa gauche, et fixa désespérément l'obscurité mal combattue par quelques réverbères malingres ou cassés…

Il frissonna, soudain assailli par le souvenir de sa dernière mésaventure. Il y a tout juste trois jours, grisé par les bonnes notes obtenues à l'école, il ne s'était pas montré assez prudent et était tombé sur la bande de Mouloud, au carrefour de la rue de l'Égalité et du boulevard de la Liberté : quolibets, moqueries, Kylian avait l'habitude, mais les autres avaient ouvert son cartable, s'étaient emparé des cahiers dont il était si fier et les avaient déchirés en mille morceaux qui flottaient à présent à la dérive des caniveaux…

Il écouta à nouveau, attendit quelques instants, puis reprit sa marche, attentif et inquiet…

Quand il était rentré chez lui, l'autre soir, en larmes, sa mère avait juste constaté :

– Qu'est-ce que tu veux que j'te dise ? T'as qu'à te défendre ! T'es une vraie poule mouillée ! Regarde ton frère Charly !

Kylian haussa les épaules dans le noir, en y faisant rebondir son cartable trop chargé : Charly… En dépit de ses douze ans, Charly était déjà une véritable petite brute, marchant allégrement sur les traces de sa sœur Kimberley et de leur père Rémi !

Malgré son angoisse, il eut un sourire désabusé : il avait quand même une drôle de famille !… Carole, sa mère, avait eu Kimberley et Charly lorsqu'elle vivait avec Rémi. Ce dernier avait ensuite disparu, à l'ombre pour de nombreuses années, à la suite d'un casse qui avait mal tourné…

Avec Patrick, son dernier ami, Carole avait eu Brandon, Océane, et le bébé Elvis, après la naissance duquel Patrick, à son tour, avait également disparu, corps et biens. À nouveau, Kylian haussa les épaules : le départ, tout récent, de Patrick n'avait pas arrangé le caractère de Carole, et l'ambiance familiale, déjà souvent chaotique, était, à présent, franchement houleuse. Brandon (qui venait d'avoir cinq ans), Océane (du haut de ses trois ans) et le bébé Elvis ne se rendaient pas bien compte de la situation et, pour eux, rien n'avait vraiment changé : Carole, très mère poule s'occupait de ses trois petits comme d'habitude. En revanche, les deux grands, eux, en profitaient pour sortir dès que possible et traîner dehors jusqu'à des heures indues malgré les remontrances répétées de leur mère.

Quant à Kylian, il ne savait pas trop quel comportement adopter : depuis toujours un peu décalé au sein de sa famille, né entre Charly et Brandon d'un père, Ilias, dont il ne connaissait que le prénom et dont Carole refusait de parler, il se sentait comme isolé, presque enfant unique. Le fait qu'il ne soit pas tenté par l'appartenance à une des bandes (qui lui faisaient peur), ni par les petites magouilles dans lesquelles ses copains et frère et sœur excellaient (mais qui, pour quelque obscure raison, lui répugnaient), comme son attirance pour l'école et pour la lecture (son seul moyen d'évasion) ajoutaient à son étrangeté aux yeux de ses proches et même de ses voisins.

Kylian poussa un nouveau soupir, cette fois-ci de soulagement. Il venait de tourner dans la dernière portion de son trajet, une ligne droite qui, il le voyait malgré l'éclairage approximatif, était vierge de toute présence. Il accéléra le pas, pressé de rentrer chez lui où, à défaut d'être attendu et choyé, il trouverait pourtant une relative sécurité.

**

Lorsque Kylian franchit la porte de l'appartement, un peu essoufflé d'avoir monté à pied les huit étages (les deux ascenseurs étaient encore en panne), il trouva sa mère en train de changer le bébé Elvis qui hurlait à pleins poumons, couvrant pourtant difficilement les vociférations en provenance de la télévision devant laquelle Brandon et Océane, les doigts poisseux plongés dans leurs paquets de chips, étaient affalés.

– Bonsoir m'man.

Carole déposa distraitement un baiser sur le front de son fils puis, se retourna vers Elvis pour le mettre dans son baby relax. Elle prit le temps de s'allumer une cigarette et inhala longuement la première bouffée avec satisfaction.

– Ça va ? marmonna-t-elle à l'adresse de Kylian. T'as passé une bonne journée ?

Sans attendre vraiment de réponse, elle ajouta :

– On mange pas tout de suite. Les grands sont pas rentrés. Si t'as des devoirs, c'est le moment d'en profiter. J'espère qu'ils ne vont pas tarder ces deux-là : je m'demande quelle connerie ils ont encore inventée !

Laissant sa mère à ses récriminations et à ses inquiétudes (car malgré tout, Carole souhaitait pour ses enfants une meilleure vie que la sienne, et essayait, malgré les difficultés, de leur inculquer des principes d'honnêteté et quelques rudiments d'éducation), Kylian s'engouffra dans sa chambre avec soulagement. Tant que les autres n'étaient pas rentrés, il y bénéficiait d'une intimité et d'un calme bienvenus. Sa chambre… En réalité une chambre commune, partagée avec ses deux frères.

Malgré les demandes répétées de Carole auprès de l'office HLM, la famille attendait depuis des années un logement plus grand, plus lumineux, mieux situé… Parallèlement, peu confiante dans les services administratifs, Carole plaçait tous ses espoirs dans le « Loto » qu'elle faisait chaque semaine, s'imaginant dans la peau d'une milliardaire, rêvant de tout ce qu'elle ferait pour elle et pour les gosses, se voyant déjà vivre comme dans les reportages télé ou dans la presse « people » -illusions hebdomadaires toujours déçues-.

Au quotidien, il avait donc fallu s'organiser pour occuper au mieux le F4 que Carole avait, à présent, en horreur. Hormis la pièce commune –le séjour flanqué d'une cuisine dite « à l'américaine » -, l'appartement comportait une petite salle de bains (où se trouvaient, également, les toilettes, ce qui représentait une inépuisable source de conflits…), et trois chambres qui, pour l'heure, étaient réparties au plus simple : celle de Carole (où logeait aussi, pour l'instant, le bébé Elvis), celle des filles, et celle des garçons où se retrouvaient Kylian, Brandon, et Charly.

Kylian referma soigneusement la porte derrière lui en une vaine tentative pour atténuer les bruits qui provenaient du séjour. Il ôta ses tennis sans les délacer, les envoyant promener à l'autre bout de la pièce, en faisant toutefois attention de ne pas empiéter sur l'espace de Charly, enleva son blouson puis, après avoir tendu l'oreille pour s'assurer que Carole, occupée avec les petits, n'allait pas faire irruption dans la pièce d'un moment à l'autre, il sortit du blouson son trésor — une carte postale défraîchie, usée par les nombreuses manipulations —, et, le tenant d'une main ferme, grimpa les trois barreaux de la courte échelle qui menait à son lit.

Assis en tailleur, la carte postale posée devant lui, le petit garçon souriait béatement. Bien sûr, comme ça, vue de l'extérieur, elle n'avait rien d'extraordinaire cette carte postale, mais pourtant, pour Kylian, c'était un véritable trésor… Tout avait commencé l'an dernier quand, par hasard, en lisant un des livres de sa mère (fanatique des romans policiers de tout poil) il avait découvert cette carte entre deux pages.

D'abord, il l'avait trouvée bizarre : ce n'était pas une carte habituelle, banale, simple carton glacé, mais une longue photo panoramique, repliée en trois volets… Dépliée, la carte était devenue magique : elle représentait la mer, la mer dont Kylian rêvait, porté par ses lectures, et qu'il n'avait jamais vue… Sur le coup, le petit garçon n'avait vu qu'elle sur la carte : elle occupait presque tout le volet droit, bordée par une longue plage de sable. Malgré le ciel bleu, à peine parsemé de petits nuages clairs, elle semblait grise, mais d'un gris velouté, brillant, délicatement ourlé d'un peu de mousse d'écume…

Passé le premier choc, Kylian avait détaillé le reste de l'image : le Casino (comme l'indiquait l'enseigne lumineuse au fronton), quelques immeubles aux tons pastel, une place pavée comme la rue qui la longeait et, de l'autre côté de la rue, partant du trottoir, un vaste escalier rond dont les marches blanches descendaient vers le volet droit de la photo — la plage et la mer…

Kylian avait été bizarrement ému par cette carte : la mer, bien sûr, calme, sereine… et puis cette impression de propreté, de tranquillité… Les quelques rares personnes qui s'y promenaient semblaient détendues… C'était exactement le genre d'endroit où il aurait voulu être, les pieds dans le sable, insouciant, loin de sa cité, de sa famille, de tout ce qui faisait sa vie actuelle…

Mais le miracle ne s'était pas arrêté là !… Retournée, la carte offrait un vaste espace pour l'écriture. On n'y lisait pourtant que quelques mots, comme tracés à la hâte, perdus au milieu de tout ce blanc :

« Je dois reprendre la route… Merci pour ces quelques mois partagés… Sans rancune, et peut-être à un jour prochain ?… Baisers. Ilias. »

Et c'était là, pour la première et unique fois, que le petit garçon avait entendu parler de son père lorsque, en exhibant sa trouvaille, il avait demandé à sa mère :

– C'est qui, Ilias ? Et qu'il s'était entendu répondre un bref et définitif :

– C'est ton père. Va me jeter cette saloperie de carte tout de suite et ne m'en parle plus jamais.

Bien sûr qu'il ne l'avait pas jeté cette carte miraculeuse ! Elle renfermait en elle-même tous ses rêves : l'océan, la possibilité d'une autre vie, d'un ailleurs, et son père… tout ça contenu dans trois petits volets repliables, d'une banalité trompeuse, où, dans la marge qui entourait la photo, bien au centre, on pouvait lire : Châtelaillon-Plage.

**

Carole soupira, excédée, devant la longueur de la file d'attente qui s'étirait aux caisses du Continent. Cependant, elle réfréna son impatience : elle n'avait pas le choix de toute façon ! C'était un de ses rares moments de liberté avant longtemps, et après avoir confié Elvis à la voisine, pendant que ses cinq autres enfants étaient à l'école, elle avait décidé, en ce mardi après-midi, de faire ses achats de Noël. En s'y prenant tôt, elle savait trouver encore ce qu'elle voulait et, grâce à sa carte du magasin, elle ne paierait qu'après les fêtes et en plusieurs fois…

Elle jeta un œil autour d'elle où d'autres chariots pleins de jouets, poussés par des mères ou des couples tout aussi excédés qu'elle, témoignaient d'une préoccupation commune. Son regard se posa sur son propre caddy, et elle entreprit de vérifier si elle n'avait rien oublié : il n'aurait plus manqué que ça !… Carole tenait absolument à ce que ses enfants bénéficient de tout ce qu'elle n'avait pu avoir quand elle était petite : amour, attention (même si, elle le savait, elle était quelquefois maladroite) et gâteries diverses et variées… Une façon de rattraper, de compenser, de leur offrir une départ dans la vie plus heureux que ce qu'elle avait, elle, connu…

Voyons… Le train en mousse et les deux grosses peluches « Disney » pour Elvis, la « Barbie » princesse avec sa chambre rose pour Océane, l'» Action man » à moto et une épée laser « Star wars » pour Brandon, un blouson « Adidas » et un disque d'Eminem pour Charly, et, pour Kimberley, une paire de « Nike » et une trousse à maquillage scintillante… Restait Kylian… Elle avait vraiment du mal à le comprendre celui-là ! Bien sûr, elle lui avait pris des livres !… Elle aussi, elle aimait lire (surtout les policiers où il y avait une histoire d'amour qui finissait bien…), mais Kylian, lui, avait un amour maladif des livres ! Il n'y avait que ça qui l'intéressait ! Elle haussa les épaules : non, ce n'était pas tout à fait vrai, il aimait aussi aller au cinéma et regarder des documentaires sur les autres pays… Les voyages… C'était sûrement de son père qu'il tenait cette envie de voyager… Ilias, voyageur impénitent, jamais longtemps au même endroit, toujours en errance…

Un sourire nostalgique erra un bref instant sur le visage de Carole… Ilias…

**

Le silence qui régnait dans l'appartement surprit Kylian. Un mardi après-midi, il pensait trouver sa mère et le bébé Elvis en rentrant. Sorti plus tôt de l'école, à la suite d'un heureux concours de circonstances qui n'était pas près de se reproduire, L'enfant avait obéi à un réflexe quotidien en rentrant chez lui. À présent, il était vraiment heureux de se retrouver seul. Il en profita pour chaparder quelques bonbons dans la cuisine avant de gagner sa chambre et de sortir la carte de son père…

Allongé sur son lit, les yeux fixés sur la photo, il laissa son esprit vagabonder dans le paysage, s'imaginant à une des terrasses ou marchant le long du remblai, s'y projetant en pensée…

Progressivement une vague sensation d'étourdissement l'envahit et, soudain, il se retrouva assis sur les marches, devant le Casino, bercé par le bruit des vagues et le cri des mouettes… Effrayé, l'enfant resta quelques instants immobile, ne réalisant pas ce qui se passait, n'osant pourtant bouger de peur de rompre le charme…

Les minutes passant, il s'enhardit à enlever son gros pull : il faisait beau et le soleil chauffait ! Sans plus chercher à comprendre, Kylian regardait, émerveillé, cette mer immense qui s'étendait à perte de vue…

Un homme et une femme passèrent devant lui, se promenant tranquillement… Impulsivement, Kylian se leva, osa quelques pas sur le sable, étonné par sa douceur, sa chaleur… Il en prit une poignée qu'il laissa s'écouler entre ses doigts, ébahi… Et puis soudain, un bonheur immense l'envahit, une sensation de folle liberté, comme si, tout à coup, la chape de plomb de sa vie habituelle se brisait en mille morceaux. Tout à sa joie, il se redressa, se mit à danser sur place en criant, en pleurant et riant tout à la fois... puis courut jusqu'à la mer où il s'arrêta pile à la limite des vagues, intimidé par leur ronflement et leur mouvement incessants. Il étendit les bras, comme s'il voulait prendre le vaste océan à bras le corps, et éclata d'un grand rire ravi...

De l'autre côté de la porte, la voix de Carole retentit :

– Je ne sais pas ce qui te fait rire comme ça, mais, puisque t'es là, tu ferais mieux de te grouiller pour venir m'aider !

Dégrisé, Kylian se secoua et reprit conscience de son environnement : il était allongé sur son lit, les bras en croix, la tête posée sur sa carte postale... Il haussa les épaules, tout à coup déçu, presque au bord des larmes : il s'était endormi... Tout ça n'était qu'un rêve...

– J'arrive, m'man ! cria-t-il en réponse.

Il sauta au bas de son lit, prenant juste le temps de fourrer son trésor, provisoirement, sous son oreiller, rajusta ses affaires et, geste machinal, mit la main dans sa poche... pour la retirer aussitôt, effaré : dans sa paume tremblante, un peu de sable chaud crissait doucement...

**

Étendu dans le noir, Kylian n'arrivait pas à dormir… Trois semaines déjà depuis son étrange aventure… Il tournait et retournait cette histoire dans sa tête en permanence, il n'arrêtait pas d'y penser : de jour, à l'école, où la maîtresse avait remarqué son inhabituel manque d'attention et s'en était inquiétée (sans résultat…), de nuit où, au fil de ses longues heures d'insomnie, il se repassait tous les détails, et chaque heure, chaque minute, chaque seconde… Cela l'obsédait sans qu'il puisse en parler à quiconque… À qui en parler d'ailleurs ? Sa mère ? Sûrement pas : elle croyait que la carte avait disparu depuis belle lurette !… Ses frère et sœur ? C'étaient bien les dernières personnes à qui se confier… Quant à la maîtresse, elle risquait de l'envoyer tout de suite voir le psychologue scolaire comme sa copine Inès quand elle avait raconté que son beau-père lui faisait de drôles de choses…

Fasciné par son aventure, mais trop effrayé, le petit garçon n'avait pas osé recommencer l'expérience et, de toute façon, il n'en aurait pas eu l'occasion. Carole, en effet, venait de rencontrer un nouvel ami qui, tambour battant, s'était installé en conquérant dans la maison. Jérôme, puisque tel était son nom, était agent de sécurité dans une grande surface. Ancien légionnaire, il fascinait Charly par ses nombreux tatouages et le récit de ses exploits militaires, réels ou supposés, mais s'était immédiatement mis les autres enfants (du moins Kimberley, Kylian, et même Brandon) à dos, en voulant appliquer ses règles militaires à l'éducation de la progéniture de Carole. Entre les affrontements violents entre Kimberley et Jérôme, les récits du dit Jérôme à un

Charly béat d'admiration, et les soi-disant nouvelles consignes à respecter, il n'y avait plus moyen d'avoir un peu de tranquillité, assez de solitude pour se permettre, sans risque d'être découvert, d'essayer une nouvelle fois de faire ce curieux voyage…

Bien sûr, rien ne permettait au petit garçon d'être sûr qu'il avait bien marché sur cette plage, là-bas, à Châtelaillon… Mais cet immense bonheur… Mais cette sensation folle de liberté… Mais ce sable dans sa poche… Il était prêt, malgré son appréhension à retenter le voyage dès qu'il en aurait la possibilité !…

En attendant, Kylian se tourna et se retourna dans son lit, cherchant vainement le sommeil. Des bruits mal étouffés provenaient de la chambre de sa mère : Carole et Jérôme avaient déjà annoncé qu'ils envisageaient d'agrandir la famille, mais Kylian pensa en soupirant qu'ils n'étaient pas obligés d'être aussi bruyants et, mal à l'aise, il rentra la tête sous sa couette.

**

L'occasion vint, de façon soudaine, alors que Kylian commençait à se décourager. C'était un mercredi après-midi, on n'était plus qu'à quinze jours de Noël et, depuis longtemps déjà, les vitrines exhibaient des débauches de jouets, une profusion de vêtements de fête scintillants, et des monceaux de nourriture. Fascinés par ces milliers de jouets, les guirlandes féeriques, les boules multicolores, les illuminations des rues, énervés par la proximité du passage du Père Noël, et fatigués par la fin du trimestre scolaire, Brandon et Océane ne tenaient pas en place. Ils étaient même franchement insupportables et, pour tenter d'obtenir une accalmie, Jérôme et Carole décidèrent tout à coup d'emmener les plus jeunes visiter le village de Noël de la grande jardinerie, à la sortie de la ville. Kimberley et Charly partis jusqu'au soir, Dieu seul savait où, Kylian prétexta des devoirs à finir et resta seul…

Après avoir vu, par la fenêtre de la cuisine, la voiture de Jérôme quitter le parking et s'éloigner, le petit garçon revint dans sa chambre et, après une longue réflexion, enleva chaussures et chaussettes puis changea son polaire contre un t-shirt léger, et grimpa sur son lit. Il jeta un œil à sa montre : entre le temps nécessaire pour aller à la jardinerie et en revenir, de se garer (à cette époque de l'année où tous les gens semblaient s'être donnés le mot pour faire leurs courses au même moment), flâner avec les petits en regardant tous les automates, toutes les animations, et parler au Père Noël, voire se faire prendre en photo avec, Kylian avait bien trois heures devant lui, rien que pour lui…

Plein d'appréhension, mais fermement décidé à tirer cette histoire au clair, il sortit, d'une main un peu tremblante, la carte de sa cachette et l'ouvrit sur son lit…

Après quelques minutes d'attente, il lui fallut se rendre à l'évidence : il ne se passait rien ! L'enfant était pourtant très concentré, tendu, fixant intensément la plage qui s'offrait à son regard… Rien… Kylian poussa un soupir désespéré… Ç'aurait été vraiment étonnant !… Il était vraiment idiot d'avoir cru que cette aventure était réelle !… Un brcf instant, il songea que les autres avaient raison : il lisait trop !…

Il haussa les épaules et, avant de replier la carte, il laissa ses yeux flotter sur le paysage, repensant avec nostalgie à la douceur du sable chaud contre sa peau…

Il eut un bref vertige et, instinctivement, s'assit – comme pour reprendre son équilibre- et posa ses mains… sur le sable… Il eut un cri de surprise : ça avait marché ! ÇA AVAIT MARCHÉ !!!!

Cette fois-ci, il se trouvait assis sur le sable, tout près des vagues. Il s'y roula avec délice, puis resta longtemps là, sur le dos, les yeux fermés, prêtant l'oreille aux mille bruits qu'il apprenait à reconnaître : les vagues mourant à ses pieds en un clapotis régulier, le rire rauque des mouettes, le crissement lointain de pas sur le sable… Ivre de bonheur, il respirait à pleins poumons, s'émerveillant d'être là, le soleil sur son visage…

Au bout de ces merveilleux instants de plénitude et de sérénité, Kylian s'ébroua, se leva et, lentement, enfonçant à chaque pas ses orteils profondément dans le sable, il remonta vers les marches blanches sur lesquelles il s'assit avec l'étrange sensation de réaliser une sorte de rite, et regarda autour de lui avec curiosité… Devant lui, l'homme et la femme de la première fois repassèrent, de la même façon, se promenant tout aussi tranquillement… Même allure, mêmes gestes, même démarche, mêmes mots échangés : le petit garçon en resta éberlué…

Il lui fallait réfléchir à tout ça… Il était temps de rentrer mais, avant, il étendit la main pour attraper, sur le sable à ses pieds, un gros coquillage doré, et le glissa dans sa poche. Maintenant, il pouvait rentrer. Mais, comment ?… Tout à coup pris de panique, il s'aperçut qu'il ne savait pas comment revenir chez lui !… Que devait-il faire ?… À quoi fallait-il penser ?… L'angoisse l'envahit soudain, il s'imagina le visage convulsé de colère de Jérôme s'il ne rentrait pas… et se retrouva, le plus naturellement du monde, sur son lit… Il tendit l'oreille, inquiet : non, il était toujours seul dans l'appartement…

Il esquissa un geste vers sa poche et s'arrêta net, saisi d'une peur étrange : et si le coquillage ne s'y trouvait pas ?…

Kylian se força à respirer calmement, glissa avec précaution la main dans sa poche, la referma sur le contenu, et la ressortit… Il observa sa main fermée puis, avec une grande lenteur et beaucoup d'appréhension, il l'ouvrit en grand : comme sur un plateau on y voyait deux bouchons, une ficelle, un chewing-gum, deux cartes de « YU-GI-OH », un billet de dix euros (trouvé le matin même dans la rue), et, insolite mais présent, le coquillage doré… Kylian ferma un bref instant les yeux, puis les rouvrit, plein d'anxiété… le coquillage doré était toujours là.

Pleurant de soulagement, le petit garçon sut alors qu'il n'avait pas rêvé, et qu'il avait trouvé, enfin, une petite porte vers le bonheur…

**

Carole, après avoir fourgonné dans le coin cuisine, s'approcha de la table où toute la famille était réunie, tenant dans ses deux mains, à l'aide d'un torchon pour ne pas se brûler, la grosse cocotte pleine de soupe.

– Ah !… dit Jérôme avec satisfaction. Voilà le rata ! Tulutululu, tulutululu, chantonna-t-il, lointain rappel de la sonnerie du clairon qui annonce le repas.

Kimberley poussa ostensiblement un soupir excédé. Tous les regards convergèrent vers elle, en attente, mais elle n'ajouta rien. Ce fut Jérôme qui entama les hostilités :

– Qu'est-ce qu'il y a, Kim ? Un truc qui te gêne ?

– Ouais. Toi. Arrête de nous gonfler avec tes trucs militaires de débile… Et ne m'appelle pas Kim !…

– OK. Si ça te gonfle, ma poule, tu vois, c'est simple : tu te casses.

– J'suis pas ta poule. Et t'es pas mon père. T'es le père de personne ici. T'es pas de la famille : alors c'est toi qui te casses.

Lasse des conflits pluriquotidiens entre sa fille aînée et Jérôme, et sentant leur agressivité monter dangereusement, Carole s'interposa soudain :

– Y'a pas moyen d'être un peu tranquille au moment des repas ? Mangez ! Ça va être froid. Et puis fermez-là, que j'entende les résultats du LOTO.

Elle attrapa la télécommande et haussa le volume de la télévision.

Kylian, tout en mangeant sa soupe, regardait ce qu'il fallait bien appeler sa famille. Il avait beau détailler tous ces gens-là, il ne voyait pas ce qu'il avait en commun avec eux : Carole, moulée dans une robe stretch à fleurs, la bouche entrouverte, les yeux scotchés aux petites boules qui s'agitaient sur l'écran ; Kimberley- enfoncée, pour l'heure, dans un mutisme hostile-, son jean ultra collant, taille basse, sa brassière fluo –découvrant largement le piercing de son nombril-, et son visage hyper maquillé qui la faisait paraître largement bien plus âgée que ses quatorze ans ; Charly, les cheveux ras, fixés par le gel, l'air de se moquer du monde en permanence, et perpétuellement violent ; les petits, braillards et toujours dans les pattes…

Quant à Jérôme, pas la peine de s'y attarder : comme les autres, il ne ferait que passer. Kylian ne comprenait d'ailleurs pas l'hostilité de Kimberley envers Jérôme : c'était de l'énergie gâchée pour rien. Il suffisait d'avoir un peu de patience et celui-là aussi quitterait la maison.

Du regard, il fit un nouveau tour de table et en arriva à la même conclusion : il ne voulait plus les voir, il ne les aimait pas, il n'en pouvait plus de cette vie-là ! C'était une caricature de vie et, paradoxalement, elle lui était devenue plus insupportable encore depuis qu'il avait son secret. Le contraste trop saisissant entre l'univers de la carte postale et son quotidien accentuait le côté piteux et dérisoire de ce dernier…

Maintenant, dès qu'il le pouvait, il s'évadait là-bas, dans son monde caché. Au fil de ses multiples incursions il avait appris à maîtriser parfaitement ses changements d'Univers, sans toutefois comprendre plus que la première fois… C'était d'une simplicité enfantine : il suffisait de se détendre, de se laisser envahir par les souvenirs, les sensations, les images du Monde où on voulait aller, et le Passage se faisait… Comment… ça, Kylian ne le savait pas… Mais, en tous cas, ça marchait…

Peu à peu, le petit garçon s'était familiarisé avec ce nouvel Univers, ce nouveau décor : il y évoluait maintenant le plus naturellement du monde, se promenant le long du remblai, s'asseyant, sans façon, en terrasse, dans les fauteuils blancs à gros coussins jaunes du premier plan, courant inlassablement sur la plage, se roulant dans le sable…

Il y avait pourtant quelques imperfections dans ce nouveau bonheur… Quel que soit le moment de la journée, dans la cité, où l'enfant se rendait à la plage, dans la carte, c'était toujours la même heure, le même paysage, les mêmes personnes : il y avait toujours ces deux mêmes piétons qui traversaient inlassablement la route, ce couple qui se promenait, ce chien noir, assis dans un fauteuil en pierre… À présent, Kylian s'y était habitué, mais c'était quand même dérangeant…

L'autre chose qui gênait un peu le petit garçon, c'était de ne pas avoir de copain ou de copine pour jouer dans le sable. Il imaginait les courses, les roulades, les châteaux éphémères, et mille jeux à partager… Mais il n'y avait pas d'enfant de son âge dans la carte, et il ne pouvait pas risquer d'emmener un copain avec lui : ça voudrait dire en parler à quelqu'un ICI, partager un secret qui, pour l'instant, n'était qu'à lui et à lui seul… Et puis… qui emmener ?… La seule qui aurait pu le comprendre, l'accompagner, et avec qui il aurait eu envie de partager sa merveille, c'était Inès. Mais Inès avait quitté le quartier et l'école, placée dans un « foyer » avait dit la maîtresse… Tant pis !… Même seul, c'était déjà magique.

La dernière des choses qui gênaient un peu le petit garçon, et celle-ci plus que les autres, il l'avait découverte par hasard, et mis du temps à la comprendre : il ne pouvait pas sortir des limites de l'image. Autant il pouvait entrer et sortir de la carte comme il voulait, revenir sur la plage autant qu'il le souhaitait, ce qu'il ne se privait plus de faire, autant, une fois dans l'image, il ne pouvait en dépasser le cadre.

Il l'avait pourtant tenté de multiples fois, la première par hasard : c'était un jour où il se promenait sur le sable, à la lisière des vagues. Ce jour-là, il était venu pieds nus, et il laissait la mer monter jusqu'à ses chevilles, par intermittence, en ondulations fraîches… Il regardait les traces laissées par ses pas, régulièrement effacées par la vague suivante… Il admirait les petits sillons que laissait l'eau qui refluait… La tête vidée de tout souci, de toute pensée importune, il était tout à la sensation de bien-être et il marchait sans but précis…

Tout à coup, alors qu'il venait de dépasser le chalet des sauveteurs en mer, il lui sembla que sa vue se brouillait. Il n'arrivait plus à distinguer ce qu'il avait devant lui, ne percevant qu'une vague sensation de bande blanche, un peu floue, qui tremblotait sous ses yeux comme l'air sur la route les jours de très grande chaleur, et, dans le même temps, il s'était heurté à une sorte de mur élastique, invisible, mais d'une redoutable efficacité, empêchant tout passage.

Bien sûr, Kylian avait fait d'autres essais mais, chaque fois qu'il atteignait les bords de la carte, le même scénario se reproduisait : même barrière infranchissable, même vision perturbée…

L'enfant avait tout d'abord pensé qu'il ne pouvait pas aller plus loin parce que, ne connaissant pas la ville, il ne pouvait la visualiser. Il avait alors emprunté à la bibliothèque du quartier tous les ouvrages qu'il avait pu trouver sur la Charente Maritime et sur Châtelaillon-Plage. Dans l'un de ces derniers, il avait même découvert de nombreuses photos et un plan de la ville : il en avait mémorisé les moindres détails…

Le chemin des douaniers, l'hippodrome, le Casino, le parc municipal, la longue plage de sable fin, et même le Port des Boucholeurs, tout ça n'avait plus de secret pour lui mais, malgré cela, malgré tous ses efforts, malgré ses multiples tentatives, il n'avait jamais pu franchir les limites de la carte.

En dépit de ces trois inconvénients, finalement mineurs au regard du miracle de cette aventure, les échappées de l'enfant vers SA plage représentaient ses seuls instants de bonheur… Inconsciemment, le petit garçon sourit.

– Qu'est ce qui te fait rire, toi ? lança la voix peu amène de Jérôme.

La tablée entière se tourna vers Kylian qui, sous les regards scrutateurs, baissa la tête.

– C'est vrai que t'es bizarre en ce moment, constata Carole. Qu'est-ce que t'as ?

– Ben… J'ai rien… murmura l'enfant.

Sa mère haussa les épaules, fataliste ou indifférente, et, comme le reste de la famille, reporta son attention sur la télévision.

**

Le petit garçon se réveilla en sursaut et tendit l'oreille pour essayer de comprendre ce qui avait pu le sortir de son profond sommeil… Rien… L'appartement était calme. Pas un seul bruit anormal…

Un rapide coup d'œil à sa montre au cadran lumineux (un cadeau de Kimberley pour son anniversaire) lui apprit qu'il n'était que quatre heures du matin. Il se leva sans bruit, et se dirigea en silence vers la cuisine pour se servir un verre de lait…

C'était encore la nuit, ou, plutôt, déjà le matin. C'était même le matin de Noël, un Noël presque comme dans les livres, pensa Kylian en regardant au dehors l'épais tapis de neige que la nuit avait déposé sur la ville. Sous son voile blanc, la cité HLM endormie, mal éclairée par quelques lampadaires anémiques, prenait pourtant un aspect presque poétique, où les rares bruits, déformés par l'atmosphère ouatée, accentuaient l'impression d'irréalité. Même l'appartement paraissait gagné par la magie ambiante : le grand sapin, couvert de guirlandes brillantes et de boules colorées, qui scintillait doucement dans la pénombre, les décorations dorées accrochées aux murs, les dessins en « givre » sur les vitres... Tout était réuni pour que ce Noël en soit vraiment un...

Le petit garçon soupira... Enfin... Si tout se passait bien... Le décor ne faisait, malheureusement, pas tout... Pour l'instant, seul éveillé dans l'appartement, Kylian voulait pourtant y croire : passer un Noël comme dans les contes, un Noël heureux, en famille, sans éclats de voix ou claquements de portes, sans bouderies ni rancœurs... Une fête ! Une vraie fête !...

Il s'étira, sentant, dans son geste, quelque chose d'un peu dur dans la poche de sa veste de pyjama. Il y porta la main et en sortit la carte postale. Une bouffée de bonheur l'envahit, et il ne put résister à l'envie d'une balade sur la plage, là maintenant, au cœur de la nuit, pendant que tous les autres dormaient : retrouver les vagues, le cri des mouettes et le soleil...

Il s'assit sur l'évier, près de la gazinière, pour profiter de la lumière de la hotte, suffisante pour lui, mais pas assez puissante pour alerter le reste de la famille. Il eut une brève hésitation : et si quelqu'un se réveillait ?... Il haussa les épaules : à cette heure-là, pas de danger ! Et puis, il n'en avait pas pour longtemps...

Il attendit quelques instants, l'oreille aux aguets, puis, convaincu qu'il n'y avait aucun risque d'être découvert, il partit. C'était à chaque fois la même magie, la même plénitude, la même sérénité. L'émotion des premiers jours perdurait, intacte, toujours aussi intense… Tout à son bonheur, Kylian courut vers la mer : c'était toujours la même ivresse…

Soudain, incongru, incompréhensible, terrifiant, un énorme bruit retentit derrière l'enfant : cela frottait, roulait, grondait, un peu comme le bruit, amplifié au centuple, d'un papier que l'on déchire.

Bloqué net dans sa course, Kylian se retourna juste à temps pour voir le toit du casino et le ciel autour s'envoler et disparaître, emportés comme par enchantement, ne laissant qu'une sorte d'éclair blanc, ligne brisée floue et tremblotante, nouvelle bordure de l'image.

Affolé, le petit garçon resta sidéré, incapable de comprendre ce qui se passait, incapable de réagir, le cœur battant à tout rompre, gagné par une panique croissante…

Un nouveau roulement de tonnerre, et, cette fois, toute une partie de la mer, son horizon, la plage, disparurent à leur tour, laissant la place à une même zébrure blanche…

Kylian, effrayé, désemparé, perdu, s'assit dans le sable, les bras autour de ses genoux, et se mit à se balancer d'avant en arrière, en pleurant à chaudes larmes comme le petit garçon qu'il était.

– Maman ! cria-t-il, maman !

Il y eut une pause, un instant bref et angoissant où rien ne se passa… L'immobilité, le silence total à peine troublé par les sanglots désespérés de l'enfant… Puis, une troisième fois, l'horrible bruit se fit entendre. Le petit garçon ressentit, au même moment, une douleur atroce, insupportable, effroyable, comme si on arrachait soudain tout le haut de son corps et, brutalement, de façon miséricordieuse, il perdit connaissance et sombra dans un néant sans retour.

**

Carole suspendit son geste : elle avait cru entendre Kylian l'appeler. Elle écouta avec attention : tout était calme dans l'appartement… Des chambres des enfants venaient les bruits de respirations régulières, de la sienne celle du ronflement sonore de Jérôme… Elle jeta un œil à la pendule de la cuisine : quatre heures quinze.

Elle ne comprenait pas ce qui avait pu la réveiller, ni pourquoi la hotte était allumée : un oubli, sans doute. Elle ne comprenait pas plus ce que faisait la vieille carte d'Ilias posée sur l'évier. Ce qu'elle comprenait, en revanche, c'est que, contrairement à ce qu'elle lui avait demandé, Kylian ne l'avait pas jetée !…

Elle prêta à nouveau l'oreille : pas un son. Tout le monde dormait. Alors elle reprit la carte et acheva de la déchirer rageusement en mille menus morceaux tout en marmonnant :

– Comme ça, je ne risque pas de la revoir cette saleté de carte !

Elle entrouvrit le vide-ordures, y jeta, soigneusement, jusqu'au dernier, les petits bouts de papier déchiquetés, referma lentement la trappe, éteignit la hotte, et retourna se coucher avec satisfaction :

– Toi, mon bonhomme, murmura-t-elle en pensant à Kylian, tu ne perds rien pour attendre !

EV5-K

Océan miroitant à perte de vue sous le soleil… Vaguelettes couronnées d'écume effleurant paresseusement la longue plage de sable fin… Quelques mouettes au rire aigu…

Cet instant de totale sérénité fut soudain brisé par un sifflement, ténu mais opiniâtre, enflant progressivement, alors qu'une ombre gigantesque, parfaitement ronde, survolait la mer. Dans un léger crissement, et avec une impeccable maîtrise, le grand vaisseau se posa majestueusement sur le sable.

Comme ça, à première vue, il ressemblait à un gros galet gris, façonné et poli par les marées. Aucune aspérité, aucune ouverture apparente : une sorte d'énorme frisbee, oublié sur la plage, incongru, et qui luisait doucement dans la lumière estivale de cette fin d'après-midi.

Et puis… plus rien… Les mouettes, effrayées puis indifférentes, reprirent leur ballet…

**

Contrastant avec le calme extérieur, l'intérieur de l'appareil bourdonnait de l'activité familière et bien rodée qui suivait les atterrissages.

V0309, le vaisseau, après avoir vérifié la stabilité du sol où il s'était posé, procédait à présent aux mesures préliminaires, dans une symphonie de cliquetis, de sifflements, et de couleurs. De son côté, l'androïde A 10102 vérifiait une dernière fois les constantes des quatre humains de l'expédition avant d'enclencher, s'il recevait un avis favorable, leur sortie d'hibernation.

– Bien, commença V0309, d'une voix féminine sensuelle…

V0309 aimait jouer avec les multiples voix qu'il avait en mémoire, même s'il savait que A10102, du fait de sa programmation, était totalement insensible aux accents et tonalités des voix mais juste à la signification des paroles émises. Contrairement à lui, A10102 bénéficiait d'une programmation standard, maxi opérationnelle, mais entièrement dénuée d'affects ou d'humour : un partenaire fiable, mais loin d'être drôle tous les jours !…

V0309 avait bien demandé, avant leur départ pour cette nouvelle expédition, un androïde de niveau quatre, quasi complet, et avec qui il aurait pu, pendant les longs jours de voyage, discuter, chanter, voire jouer au poker, mais la Mère Suprême et son Conseil des Sept avaient préféré lui allouer ce coéquipier de niveau trois, plus sérieux, afin de contrôler sa fantaisie coutumière, qui lui avait déjà valu une amende de plusieurs milliers de denebs, et qui le menait souvent à la limite du risque de Reprogrammation.

– Bien. Je crois que tu vas pouvoir réveiller nos humains et leur expliquer la situation !

– Désolé, V0309, j'ai besoin des éléments obligatoires pour activer la procédure. Le faire sans prendre connaissance des données requises est contraire à l'article CIS 63-25, et, de plus, le faire sans autorisation préalable est passible de Reprogrammation.

– Bon sang, A10102, tu peux me faire confiance ! Je connais mon boulot !

– L'article CIS 63-25 stipule expressément que…

– OK… OK…

V0309 attendit que l'androïde active l'écran de la console centrale et se place devant puis, après confirmation de l'obtention de la liaison avec la Tour des Contrôles sur Béata, prit une voix atone pour énoncer avec ennui :

– Atterrissage en urgence pour réparation nécessaire du système intergalacticoguideur. Probable changement de transducteurs à prévoir. Réveil nécessaire de l'équipage humain pour effectuer les réparations. Temps d'immobilisation prévu : quatre jours en temps galactique universel, sept jours en temps standard de Béata. Je demande la permission de mettre en œuvre le protocole VIS 23.

Il y eut un instant de silence. V0309 se sentait excédé par toutes ces procédures inutiles et contraignantes qui prenaient un temps fou, mais A10102 avait raison (comme toujours !) et il ne voulait pas risquer la Reprogrammation : il avait trop de belles histoires, d'images magnifiques, et même de souvenirs émouvants au creux de son disque dur !...

L'écran afficha une image 3D du Père Très Respectable (pour un protocole VIS 23 il fallait l'aval d'un membre du Conseil des Sept), et V0309 constata une nouvelle fois que cet humain, aussi important soit-il, était décidément très laid. Dire que ce serait le prochain Père Suprême, après la fin de mandat de la Mère actuelle !...

Le vaisseau, malgré toutes ses recherches dans les archives auxquelles, compte tenu de son statut de niveau cinq, il avait largement accès, n'avait jamais trouvé d'explication au fait que, si l'Unité de Création Embryonnaire sélectionnait soigneusement les capacités physiques, l'intelligence, le potentiel santé et le quotient émotionnel des humains, elle ne semblait pas, en revanche, tenir compte de leur aspect physique. Peut-être parce qu'il n'y avait pas besoin de séduction pour le bon fonctionnement de Béata ? V0309 émit un rire discret (il était assez fier de ses reconstitutions de rire...) : en tous cas le Père Très Respectable, ancien H.O-rs 105, était la preuve éclatante de cette non préoccupation !...

– Alors, demanda ce dernier, quel est le problème exact ?

Il s'adressait à A10102 par commodité, car parler directement à V0309 ne permettait pas de bien visualiser l'interlocuteur et, de plus, le protocole interdisait à un membre du Conseil des Sept de parler directement à un vaisseau, fut-il de niveau cinq ; en revanche, s'adresser à un androïde, du fait de son aspect humain, était Conforme. Ce fut cependant le vaisseau qui répondit :

– Panne du système intergalacticoguideur. Deux transducteurs internes à changer. Près du noyau elliptique probablement. Nécessité de réveiller les humains pour procéder à une réparation.

Le Père Très Respectable poussa un soupir excédé :

– Qui a effectué le contrôle des transducteurs avant le départ ?

– Mon équipier et moi-même, Père Très Respectable. Il n'y avait aucun signe d'usure ou de détérioration : ils vibraient en si bémol à l'unisson.

– Nous verrons au retour avec la Tour des Contrôles… Effectivement, je crains qu'il ne faille réveiller l'équipage.

Toujours en s'adressant à A10102, le Père Très Respectable poursuivit :

– Où vous êtes-vous posés ? Donnez-moi les éléments requis.

A 10102 fit apparaître une carte galactique tridimensionnelle où, au fur et à mesure de l'énumération de V0309, les données vinrent s'inscrire d'elles même :

– Nous sommes dans le système solaire. Planète tellurique. Quatrième du système par taille croissante. Rotation autour du soleil à une vitesse orbitale moyenne de 29,783 kilomètres par seconde. Rotation sur elle-même en 23 heures, 56 minutes et 4,084 secondes. Gravité de surface : 9,80665 mètres par seconde carré. Température de surface estimée entre

- 89,2 degrés Celsius et + 56,7 degrés Celsius. Atmosphère compatible avec la physiologie humaine.

Le vaisseau s'interrompit avec un petit bruit qui aurait pu passer pour un hoquet de surprise s'il s'était agi d'un humain et ajouta :

– Bien sûr que l'atmosphère est compatible avec la physiologie humaine ! La comparaison des éléments constitutifs avec mes bases de données montre que nous sommes sur la Terre !

**

H. A-ds120 sortit du poste de commande, un pli soucieux sur le front. Il venait d'avoir un long entretien avec le Père Très Respectable et la situation s'annonçait mal. Tout en avançant rapidement le long de la coursive, il donna ses consignes :

– V0309, convoque l'équipage en salle de réunion dans vingt minutes. Prépare nous une carte galactique avec notre position et toutes les informations en ta possession. Je veux aussi une carte détaillée de la Terre, notre localisation précise et un bref historique. A 10102, apporte-nous un repas hypercalorique standard de sortie d'hibernation, des boissons chaudes énergisantes, les pastilles, surtout les rouges et les jaunes.

Arrivé devant sa cellule, il énonça son matricule pour activer la reconnaissance vocale. La porte coulissa en silence et se referma sur lui : il avait vingt minutes pour se préparer.

Chaque membre humain d'un équipage disposait ainsi d'une cellule personnelle, garante d'une stricte intimité, à l'abri des autres membres et du vaisseau lui-même.

H. A-ds120 se déshabilla entièrement et prit le temps de s'observer soigneusement dans le miroir mural : ni par orgueil égocentrique, ni par narcissisme exacerbé mais, tout simplement, par strict respect du protocole d'hygiène VIS 2, destiné au personnel navigant. Comme l'indiquaient les deux premières lettres, majuscules, de son matricule (les deux lettres minuscules désignant la localisation de son alvéole dans l'incubateur de gestation), H. A-ds 120 était un humain de type africain, à la peau sombre. Le nombre 120, reflet de la génération béatienne de sa conception, faisait de lui le plus âgé de cette expédition et donc, du fait de son âge et, également de l'expérience acquise, il en avait été désigné commandant. Il se devait donc d'être irréprochable et en tous points Conforme.

Il se détailla donc sans complaisance. Il analysa son allure générale, constatant sans surprise que, en dépit des apports énergétiques surveillés par A 10102, il avait maigri pendant l'hibernation. Il fit jouer avec satisfaction son impressionnante musculature, qui ne semblait pas avoir souffert, enchaîna quelques étirements et assouplissements, et se décida à entrer dans la cabine de nursing.

Le cylindre translucide effectua une rotation de 360 degrés autour de lui et, après quelques secondes, prit une teinte verte soutenue, signe que tout allait bien, pendant que des caractères fluorescents s'affichaient sur la paroi, à hauteur de regard :

Scanner corps entier : pas d'anomalie détectée.

Constantes biologiques correctes.

Taux de plaquettes et facteurs de coagulation encore un peu bas : à contrôler dans 24 H.

Prendre 3 repas hypercaloriques standards en 12 heures.

3 pastilles rouges dès à présent, puis une par jour ensuite.

2 pastilles jaunes dès à présent, puis une toutes les 12heures ensuite.

Accord pour transmission ?

– Accord pour transmission, répondit H. A-ds 120 à voix haute, déclenchant ainsi l'envoi de ces informations dans le fichier dédié de V0309 et, ensuite, à la tour des Contrôles, sur Béata.

Les lettres, sur le cylindre, s'effacèrent, et la phrase *Félicitations : vous êtes Conforme.* s'afficha à son tour, suivie de *Début du cycle propreté dans deux secondes.*

H. A-ds 120 ferma les yeux et s'abandonna aux sensations agréables des ondes nettoyantes micro vibrantes, de la brumisation intégrale, des ultraviolets désinfectants, puis du léger film hydratant, parfumé selon ses choix, qui terminait le cycle.

Félicitations, vous êtes Conforme ! énonça, à nouveau, la cabine de nursing avant de s'ouvrir.

L'homme jeta un œil à l'afficheur horaire : il avait juste le temps. Il attrapa une des combinaisons modèle standard parmi toutes celles, identiques, rangées à sa portée, s'en revêtit avec rapidité et, après un ultime regard satisfait à son image, quitta sa cellule.

**

H. A-ds 120 entra d'un pas vif dans la salle de réunion. En accord avec les instructions reçues, A10102 avait garni l'une des grandes tables rondes de nombreux plats appétissants et de hautes carafes fumantes. Les bocaux à pastilles étaient posés un peu plus loin, les rouges, les jaunes, mais aussi les vertes, les bleues et les blanches plates et ovales…

H. A-ds 120 s'avançait vers ces derniers lorsque la porte s'effaça, laissant le passage à H. E-kt 121, qu'il connaissait bien. Elle était splendide, intelligente et efficace. Il lui sourit :

– Bonjour kt 121. Puisses-tu toujours être Conforme !

– Bonjour ds 120. Puisses-tu toujours être Conforme !

Avant qu'ils aient eu le temps d'ajouter quelque chose à ces salutations rituelles, la porte s'ouvrit à nouveau pour les deux autres humains de l'équipage, H. A-da 123 et H. E-ve 123, deux jeunes navigants qui effectuaient leur premier voyage, suivis par A 10102 porteur d'un dernier plat.

Après de nouveaux échanges de souhaits de Conformité, H. A-ds 120 se servit un zavijah bien chaud et bien sucré et laissa un peu de temps à son équipe pour se restaurer tout en les observant pensivement…

Deux hommes de type africain et deux femmes de type européen, l'association aurait pu paraître étrange à qui ne connaissait pas la façon béatienne de former les équipages. Le choix était fait par l'Ordinateur Central des missions : un des préparateurs de mission entrait dans la machine le but géographique de la mission, sa durée, son objectif, son éventuelle difficulté et, également, le nombre d'humains requis, leurs compétences, leur expérience, et leur sexe (uniquement si ce dernier critère était pertinent), ensuite l'Ordinateur proposait un choix qui, le plus souvent, s'avérait judicieux.

Si le sexe n'était pas un critère de choix systématique, c'est qu'il n'avait, à priori, aucune importance pour les béatiens, sauf nécessité de respecter les coutumes locales dans leurs échanges avec les habitants d'autres planètes. Homme ou femme, place et rôle étaient les mêmes, sans aucune distinction. Quant aux relations homme femme, elles étaient professionnelles ou amicales, jamais plus. Contrairement à ce qu'on pouvait lire dans les vieux livres, conservés au Centre de Références Historiques et qui évoquaient la vie avant l'Exode Fondateur, l'amour (amour sentiment ou amour physique) n'existait plus sur Béata, grâce à une soigneuse recombinaison de gènes ayant permis de modifier certains neurotransmetteurs, et, surtout, grâce au cocktail concocté par l'Unité Thérapeutique et contenu dans les pastilles jaunes, à prise obligatoire et contrôlée.

H. A-ds 120 avait toujours pensé que cette suppression avait été une bonne chose et tous les béatiens, en général, pensaient de même. En effet, si l'on se penchait un peu sur les textes historiques, on ne pouvait qu'être effaré par les dégâts, personnels ou collectifs, consécutifs aux passions amoureuses, aux amours contrariées, aux désirs insatisfaits…

Par ailleurs, comment avait-on pu, pendant des siècles, faire des enfants d'une façon aussi primitive et irresponsable ? Pas de sélection génétique, pas de contrôle de Conformité embryonnaire, le fœtus laissé, quasi sans surveillance, sous la seule responsabilité de la femme enceinte, sans monitoring constant de son développement… Sans compter l'acte sexuel lui-même, primitif, bestial presque, avec ses risques infectieux et même traumatiques, son manque d'hygiène navrant… Oui, vraiment, une sage décision du premier Conseil des Sept !…

Le commandant sortit de ses pensées pour constater que ses compagnons semblaient, à présent, attendre son bon plaisir.

– Bon, dit-il, si vous êtes prêts, nous allons commencer. Vous le savez tous, cette mission était destinée à effectuer une surveillance de routine de quelques-unes de nos ambassades planétaires. A priori, pas de problème particulier, et c'est pourquoi da 123 et ve 123 avaient été choisis : afin de leur donner une première expérience. Comme V0309 vous l'a déjà exposé en vous convoquant, un incident technique l'a obligé à faire cette escale imprévue sur le chemin du retour et à nous réveiller, après avis du Père Très Respectable, pour effectuer les réparations nécessaires.

– Quel type de réparations ? demanda H. E-kt 121.

– Les transducteurs. Prêt du noyau elliptique. Rien d'insurmontable, mais ça peut être un peu long. V0309 prévoit environ sept jours en temps standard de Béata, mais nous avons des réserves alimentaires, médicales et énergétiques largement suffisantes.

H. A-ds 120 sentit le soulagement de l'équipage. Être réveillée en cours de trajet n'augurait en général rien de bon pour une équipe et les situations pouvaient être, parfois, autrement préoccupantes ! Il s'en voulut donc un peu de devoir annoncer la nouvelle suivante qui, il le savait, serait terriblement anxiogène :

– Le problème n'est pas la panne, ni notre possibilité à la gérer… mais le lieu où nous nous sommes posés… V0309 ?

En réponse, le vaisseau, de façon théâtrale (il ne pouvait pas s'en empêcher !), modifia ses parois pour les rendre transparentes. Ils se retrouvèrent comme assis sur une plage avec, derrière eux, quelques constructions lointaines noyées dans le crépuscule, à leurs pieds le clapotis des vagues et, à l'horizon, le soleil se couchant dans la mer…

– Oh ! fit H. E-ve 123. C'est magnifique !

– Oui, répondit H. A-ds 120, la voix sombre, c'est vrai, c'est magnifique… Alors… Bienvenue sur le Terre des Premiers !

**

Un silence consterné accueillit cette déclaration. La Terre, berceau de la race humaine… La Terre, désertée après l'Ultime Pandémie et sur laquelle aucun des humains descendants des Derniers Survivants n'était jamais revenu… La planète, devenue mythique et quasi sacrée, sur laquelle pesait un interdit absolu d'atterrissage ou d'exploration…

La première, H. E-kt 121, pragmatique, reprit la parole :

– Quelles sont les consignes du Père Très Respectable ?

– Après consultation du Conseil des Sept et de la Mère Suprême, il nous autorise à rester sur Terre le temps nécessaire, sous réserve de ne débarquer que pour les stricts besoins des réparations, de rester en contact constant avec la Tour des Contrôles, et de ne rapporter aucun élément terrien sur Béata. Par ailleurs, V0309 est autorisé à nous donner brièvement quelques notions historiques pour envisager ensuite s'il y a lieu de prendre des précautions et lesquelles, et nous familiariser un peu avec cette planète qui va nous héberger. Bien sûr, vous devrez garder un strict secret sur tout ce qui vous sera révélé.

Sur leur siège, les jeunes H. A-da 123 et H. Eve 123 s'agitèrent sans rien dire, à la fois pleins d'appréhension et très excités : pour leur première mission, un atterrissage sur Terre tenait du miracle, et prendre connaissance, en plus, d'éléments historiques réservés aux vaisseaux et droïdes de niveau cinq minimum ainsi qu'au Conseil des Sept, était une aubaine inespérée !

– Et A10102, il est autorisé à prendre connaissances des informations, lui aussi ? demanda, à nouveau, H. E-kt 121.

– Il sera reprogrammé par V0309 avant le retour sur Béata, bien sûr !

– V0309 peut faire une Reprogrammation ? s'étonna H. A-da 123. Je pensais qu'il n'y avait que l'Unité Spécialisée pour le faire.

– Je suis niveau cinq, intervint le vaisseau avec une pointe de fierté dans la voix, avant de poursuivre :

– Bon. Voilà les données caractéristiques de Terre.

Une carte galactique tridimensionnelle s'afficha, avec la position de la Terre et, en surimpression, les données que V0309 avait déjà transmises au Père Très Respectable.

– Selon mes calculs, nous sommes au point suivant.

Un globe terrestre se matérialisa à son tour avec un point lumineux près duquel était indiqué : « 46°04'27''latitude nord ; 1°05'12''longitude ouest (selon mesures terriennes) »

– D'après mes recoupements, continua le vaisseau, cet endroit était dénommé « Châtelaillon-Plage » avant l'Ultime Pandémie. C'était une ville en bord de mer, comme vous avez pu le voir, ce qui explique son nom.

Il s'interrompit quelques instants pour proposer d'une voix féminine suave :

– Si vous souhaitez prendre encore quelque chose à grignoter ou à boire, c'est le moment : ça risque d'être un peu long…

Les quatre humains firent quelques allées et venues vers les tables chargées de victuailles puis, un gobelet de zavijah chaud à la main, s'installèrent confortablement.

– Je vais essayer de vous résumer ce qu'était cette ville et la façon dont les humains y vivaient et, ensuite, je vous donnerai quelques explications sur l'Ultime Pandémie et l'Exode Fondateur.

Ils se regardèrent tous, stupéfaits. Même le commandant et H. E-kt 121, les plus âgés de l'équipage, semblaient impressionnés à l'idée de prendre connaissance d'informations aussi sensibles.

– N'hésitez pas à m'interrompre pour les détails… Donc… La Terre des Premiers était divisée en de nombreux pays. À l'époque, les humains n'avaient pas encore compris la nécessité d'un gouvernement unique, planétaire, ce qui générait, d'ailleurs, de multiples conflits et empêchait la cohésion des Premiers en cas de crise grave. Il faut dire qu'ils se croyaient tout seuls dans l'univers !

Il y eut quelques rires étonnés chez ses auditeurs.

– Un de ces nombreux pays était la France. Châtelaillon-Plage se situait au Sud-Ouest de ce pays, sur les bords de cet océan, que vous voyez, que les Premiers appelaient l'Océan Atlantique. C'était à la fois un village de pêcheurs et une station balnéaire, c'est-à-dire une ville où les terriens venaient passer ce qu'ils appelaient des vacances.

– Des vacances ? s'étonna H. E-ve 123.

– Oui, un temps de repos, sans travail obligatoire.

– Ils avaient le droit de se reposer au bout de combien de crédits temps ? demanda H. A-da 123

– Ça ne marchait pas comme ça, rétorqua V0309, du moins pas tout à fait. De plus, les vacances pouvaient durer plusieurs jours de suite ! En général, les terriens partaient en famille, avec leur mari ou leur femme et leurs enfants.

Les deux plus jeunes membres de l'équipe rougirent affreusement en entendant ces propos indécents, mais restèrent silencieux.

– Quels étaient leurs loisirs ? interrogea H. E-kt 121.

– Et bien, si j'en crois les archives, c'était très varié… Certains se baignaient…

– Dans l'océan ? firent-ils tous, horrifiés.

– Oui, dans l'océan. Ils pratiquaient aussi d'autres activités : planche à voile, voilier, scooter des mers, ski nautique…

Pour accompagner son énumération, et tout en poursuivant son exposé, V0309 faisait défiler d'anciennes photographies, de vieux films, stockés dans ses mémoires, pour montrer aux humains de l'expédition la vie d'une station balnéaire terrienne au XXIe siècle. Les images, malgré le passage des années, étaient encore tout à fait nettes, à la fois émouvantes, pour eux qui contemplaient pour la première fois la vie de leurs ancêtres, et presque risibles tellement elles dégageaient un parfum désuet…

– Mais… et les poissons ?… la pollution ?… les germes ?… Ils ne mettaient pas de combinaison ?… Ils étaient presque… NUS ?…

V0309 laissa fuser les nombreuses exclamations de son auditoire, puis :

– Les Premiers n'avaient pas une notion très développée des différents risques. C'est d'ailleurs ce qui a causé leur perte. Ils se baignaient, effectivement, quasi nus dans des eaux polluées par leurs rejets, bourrées de microbes et de parasites, sans tenir compte des risques de contamination, d'accident ou de noyade… Ils fumaient du tabac et parfois d'autres substances toxiques, ou buvait des boissons alcoolisées pour le plaisir… Ils mangeaient selon leurs envies et non selon les règles de diététique ou de respect des ressources ou de la répartition alimentaire égalitaire… Ils avaient des rapports sexuels, et, la plupart du temps, sans précaution contre les grossesses ou les maladies…

Au ton employé par le vaisseau, on sentait que, s'il avait pu hausser les épaules devant tant d'inconscience, c'est exactement ce qu'il aurait fait. Cette fois, la totalité de ses auditeurs arborait un air choqué, voire franchement dégoûté, et V 0309 stoppa la projection pour faire apparaître un tableau récapitulatif qui se remplit comme le vaisseau énonçait ses conclusions :

– Ce bref exposé était destiné à vous faire comprendre où nous étions, les caractéristiques géographiques du site, et ce que vous pouviez y rencontrer lors des sorties éventuelles. Donc, je récapitule : « Constructions humaines à proximité, état de conservation inconnu : habitat ou utilitaires. Plage de sable fin le long de l'océan. Végétation à proximité, naturelle ou dérivée de plantations anciennes »

– Vous avez tous appris, en formation spécialisée de navigant, ce que sont les mers et les océans, le phénomène des marées, le sable ?

Ils hochèrent la tête de concert. V0309 poursuivit donc :

– La plage est plane. Inclinaison inférieure à 30°. Pas de risque d'éboulement. J'ai fait une analyse spectrométrique et bactériologique rapide, qui sera bien sûr, à confirmer plus en détail, mais je n'ai pas noté de danger éventuel du côté de la végétation ni de l'eau. Quant aux marées, les plus hautes, enregistrées dans ma base de données, ne menaceraient en rien notre site : donc, notre situation est *secure* pour les sept prochains jours au moins.

Il y eut un soulagement perceptible chez ses auditeurs.

– J'en viens à la seconde partie de mon exposé : un peu d'histoire pour comprendre les éventuelles précautions supplémentaires à prendre en plus de celles que vous appliquez habituellement.

**

Cette légère pause fut accueillie avec plaisir par les quatre humains qui en avaient déjà appris plus, en quelques instants, sur la Terre des Premiers, qu'en toutes leurs années écoulées depuis leur sortie de gestation. Ils s'ébrouèrent, comme pour chasser les lambeaux de stupeur ou de gêne qui flottaient dans leur esprit, prirent prétexte qui de poser son gobelet, qui de se resservir pour bouger un peu… Ils se réinstallèrent à nouveau, attentifs. V0309 reprit :

– Vous savez tous que Béata a été découverte par les Seconds, Pères Fondateurs, Derniers Survivants de l'espèce humaine. Ils l'ont terra formée pour la rendre habitable même s'ils n'ont pas pu tout reproduire à l'identique comme les mers, la flore ou la faune terriennes, même si nous sommes tous d'accord pour trouver que Béata est une planète très agréable, avec sa flore et sa faune préexistantes aux Seconds…

Ils acquiescèrent.

– Ce que vous n'avez pas appris, c'est pourquoi les Derniers Survivants ont quitté la Terre pour entamer l'Exode Fondateur.

– En fait, se lança H. E-ve 123, nous ne savons rien de ce qui s'est passé avant le premier Conseil des Sept, la Génération 1 !

H. A-ds 120 lui lança un regard courroucé :

– Le premier Conseil des Sept et les Conseils ultérieurs ont décidé, pour notre bien, que ressasser le passé était inutile, et que notre histoire débuterait en Génération 1, celle de la Fondation de Béata.

La jeune femme, penaude, se le tint pour dit, mais fixa l'écran, encore vierge, avec avidité.

– L'espèce humaine, au cours de son évolution, a été confrontée à de nombreuses épidémies, voire des pandémies, mais, malgré les innombrables morts à chaque épisode, un élément permettait toujours, à un moment ou à un autre, de stopper la propagation des maladies ou de les traiter, et la vie repartait normalement. En fait, on peut penser que c'était une sorte de « régulation sauvage » du nombre des terriens, et ce n'était, finalement, pas si mal pour les Premiers car, à l'époque, chacun faisait des enfants quand il en avait envie, n'importe quand, sans tenir compte du nombre d'utiles nécessaires ni des ressources.

Dans ces grandes épidémies, et sans les citer toutes, il y a eu des maladies transmises par la faune, comme la peste -dont nous savons que Yersinia Pestis était porté par les rats-, d'autres liées à la pauvreté, la promiscuité -qui favorisaient la diffusion de la Mycobactérium Tuberculosis, pour la tuberculose par exemple-, d'autres encore liées aux rapports sexuels non protégés, vecteurs du Treponema Pallidum pour la syphilis ou du Virus de l'Immunodéficience Humaine pour le SIDA…

Et puis est venue l'Ultime Pandémie. Les Premiers l'avaient appelée E. U. N pour Encéphalite Ulcéro-Nécrosante. La maladie commençait par des céphalées, puis des épistaxis ou saignements de nez, et ensuite venaient des complications neurologiques variées, plus ou moins graves, jusqu'au coma terminal accompagné d'hémorragies faciales profuses.

Il y eut quelques exclamations horrifiées.

– Malgré toutes les recherches, la mobilisation des meilleurs chercheurs, des meilleures équipes de scientifiques, les Premiers n'ont jamais pu trouver l'agent causal de l'EUN. Les cas se multipliaient à une vitesse effrayante, et rien ne semblait pouvoir en enrayer la progression. Il faut dire, comme je vous l'ai signalé tout à l'heure, que la terre était divisée en continents, en pays avec des sensibilités nationales exacerbées, une impossibilité de coopérer, bref, aucun élément n'était favorable à la résolution du problème !

Comme souvent, chez les terriens, chacun a commencé à accuser l'autre : les minorités, les membres d'autres religions, le pays voisin, et ainsi de suite… Des expéditions punitives contre les présumés responsables se sont déclenchées dans la plupart des pays, des émeutes, puis des guerres… et pendant ce temps-là, la Pandémie progressait…

Au fur et à mesure du récit du vaisseau, ce dernier projetait des images d'archives montrant des foules en marche, le poing levé, des hommes armés aux rictus haineux, des cadavres, des massacres… Les assistants détournèrent la tête, écœurés : la violence était inconnue sur Béata et, pire, elle n'était pas Conforme.

– Lorsque tout fut à feu et à sang, le problème n'était, bien sûr, toujours pas résolu et la pandémie d'EUN menaçait l'humanité d'extinction. Quelques techniques de voyages interstellaires avaient été étudiées, en secret, par certaines nations qui convoitaient de nouveaux territoires. Alors, les plus puissants, sur Terre, se sont réunis, ont analysé toutes les hypothèses, et ont fini par conclure que la seule solution était de vider la planète en emmenant les terriens indemnes de l'EUN, le seul progrès scientifique réalisé ayant été de détecter les porteurs de la maladie avant même les premiers symptômes.

Les critères de choix pour les Derniers Survivants emmenés ont été, bien sûr, le non portage de la maladie, mais aussi, parmi les terriens sains, ceux qui pourraient être utiles à la future communauté : par leur savoir, leur intelligence, leurs compétences particulières ou même leur argent. De même, tous ceux qui dépassaient un certain âge ont été laissés sur place… Quelques échantillons tissulaires et sanguins de malades ont été également emportés, avec les précautions sanitaires draconiennes que vous pouvez imaginer, pour études ultérieures.

Les quatre humains auraient tout aussi bien pu être en cire tellement leur immobilité était totale, suspendus qu'ils étaient aux paroles du vaisseau. Ce dernier poursuivit :

– Le reste, vous le connaissez, c'est l'histoire de Béata et de sa fondation par les Seconds. Ce que vous ignorez, en revanche, c'est que, trois générations béatiennes après la fondation, notre Unité de Recherche a identifié la bactérie responsable de l'EUN, et a intégré dans votre patrimoine génétique l'anticorps nécessaire à sa neutralisation, afin que plus aucun humain ne puisse contracter cette maladie. Donc, la bonne nouvelle, c'est que, si vous êtes amenés à débarquer pour les réparations, vous ne risquerez rien de cette maladie qui a détruit vos ancêtres !

Bien sûr, cela ne vous dispense en rien des précautions habituelles et du port des combinaisons d'exploration.

V0309 se tut et fit disparaître cartes et écrans. Il y eut un silence pesant, chacun s'efforçant de digérer les nombreuses informations reçues, puis H. A-ds 120 prit la parole :

– Bon. Maintenant nous savons à quoi nous en tenir. Comme vous le voyez, sur Terre la nuit est tombée. Je vous propose d'aller prendre un peu de repos pour assimiler tout ça. Je vous attends ici à six heures trente précises, heure terrienne, demain. V0309, opacifie les parois et règle les écrans sur les deux heures, terrienne et béatienne. Bon repos à tous. À demain. Puissiez-vous toujours être Conformes !

**

H. E-ve 123 se sentait aussi excitée qu'une adolescente avant son rite initiatique de degré 1. Elle devait être la première à débarquer sur Terre, accompagnée, bien sûr, du commandant. C'était son statut de biologiste multivalente qui lui valait cet honneur.

Sur les vaisseaux, chaque navigant avait, outre sa formation spécifique de navigant, la formation la plus complète possible dans son domaine de prédilection afin d'être le plus efficace possible lors des voyages. Ainsi H. E-ve 123, biologiste confirmée, était-elle aussi anthropologue, zoologiste, et spécialiste de la flore et des milieux naturels.

Ce matin, très tôt, la Mère Suprême - en personne, ce qui montrait l'importance de l'événement- avait pris contact avec H. A-ds 120 : le Conseil des Sept, réuni en session extraordinaire, avait décidé, après des heures de discussions et une longue délibération, d'autoriser, mais à minima, une phase d'exploration de Terre. En effet, comme l'avait fait remarquer la Mère Suprême, cette panne serait peut-être l'occasion unique d'en apprendre un peu plus sur leurs lointaines origines. Mais pas question de mission prolongée, ni de recherches trop détaillées : quelques simples incursions aux alentours du vaisseau… La Terre des Premiers était et devait rester un sanctuaire tabou : déroger à ce principe ne serait absolument pas Conforme.

Le commandant, en tant que tel, se trouvait tout désigné pour la première approche, et il avait choisi la biologiste pour l'accompagner. Aussi, vêtus de combinaisons d'exploration bourrées de micro capteurs — version contemporaine des anciennes technologies terriennes — à l'affût de la moindre anomalie et reliés en permanence à V0309 par lunettes télétrans, H. A-ds 120 et H. E-ve 123 s'apprêtaient-ils à poser le pied sur la Terre. Le vaisseau fit coulisser les portes, déverrouilla le sas et déroula l'escabelle devant eux. Comme le commandant, par prudence et par habitude, allait s'engager le premier sur les marches, V0309 lança :

– Attendez ! Comme mes observations ne montrent aucun danger immédiat alentour, je pense qu'il serait bon de réactualiser une vieille coutume terrienne qui s'appelait galanterie.

Et, d'une voix exagérément distinguée, il annonça :

– Les dames d'abord !

H. A-ds 120, interloqué, s'arrêta brièvement, puis haussa les épaules et, jouant le jeu, s'effaça pour laisser H. E-ve 123 prendre contact, en premier, avec leur Histoire.

**

Trois jours terriens, déjà, depuis leur escale imprévue…

Leur repas terminé, les quatre membres d'équipage s'installèrent pour leur débriefing habituel pendant que A 10102 desservait les tables et apportait le zavijah. V0309 se prépara à leur faire un bref exposé de l'ensemble des informations déjà recueillies : grâce aux données transmises en temps réel lors des sorties, et aux comparaisons effectuées avec les connaissances stockées dans ses mémoires, il permettait à l'équipe d'analyser et de comprendre ce qu'elle explorait.

Les sorties s'effectuaient toujours par deux et, jusqu'alors, elles avaient associé, systématiquement, un « ancien », expérimenté, et un novice. Leurs premiers pas terriens ne les avaient, pour l'instant, conduits qu'aux alentours proches du vaisseau. Ils avaient testé la sensation curieuse de marcher dans le sable sec sans toutefois en éprouver le contact, du fait de leur combinaison.

La combinaison, en effet, vêtement unique sur Béata, était une sorte de seconde peau, fine et enveloppante, opaque, doublée de capteurs sensoriels ultrasophistiqués. Elle recouvrait le moindre centimètre carré de peau, hormis le visage et les cheveux.

En dehors des combinaisons spéciales, réservées à des usages très précis (combinaison d'exploration, par exemple) et dont le modèle était strictement identique pour tous, il y avait la combinaison standard, dont la couleur variait selon la génération et la fonction, la combinaison d'apparat, réservée aux cérémonies officielles, aux passages de degrés, aux sorties festives… La forme ne changeait jamais, quels que soient les modèles mais, hormis bien sûr pour les combinaisons spéciales destinées à des usages très précis, les multiples couleurs, décorations, dessins, broderies ou incrustations permettaient d'obtenir d'innombrables variétés. Toutes les fantaisies étaient envisageables, mais montrer d'autres parties du corps que le visage restait, quelles que soient les circonstances, non Conforme.

Ils avaient pu, après une analyse soigneuse de l'eau par V0309 — analyse qui avait montré l'absence de risque infectieux —, et grâce au port d'une combinaison de natation, nager dans l'océan, comme leurs ancêtres, découvrir les vagues, la salinité de l'eau, expérimentant avec surprise la différence avec les piscines ou même les lacs artificiels strictement contrôlés et étales de Béata. H. A-da 123 et H. E-ve 123, se laissant brièvement rattraper par leur jeune âge, avaient même joué à s'éclabousser, comme dans les vieux films, jusqu'à ce que le commandant les rappelle à l'ordre.

Ils avaient déjà, grâce à V0309, répertorié une bonne partie de la flore environnante : les troènes communs, les roses trémières, les salicornes, iris, gentianes ou autres vipérines… Ils avaient également repéré des mouettes, des goélands, des chauves-souris et quelques poissons, plus difficiles à identifier…

H. E-ve 123 avait même identifié, à sa grande stupéfaction, des chats, identiques à ceux qui vivaient sur Béata. L'étonnement venait du fait que l'histoire de Béata, prodiguée dans les maisons d'éducation, enseignait que les chats étaient originaires de Béata, et qu'aucun animal n'avait accompagné les humains lors de l'Exode Fondateur ! Erreur ? Méconnaissance ? (quelques chats auraient-ils été emmenés clandestinement ?). Mensonge ? (mais dans quel but…?)

Ces chats intriguaient de plus en plus la jeune femme… Elle se promettait d'essayer d'entrer en contact avec eux, voire de recueillir quelques poils pour des analyses ADN. Cela lui semblait réalisable car les félins, semblables en cela à leurs homologues béatiens, faisaient preuve d'une grande curiosité et s'approchaient de plus en plus des humains, en particulier un grand chat noir, aux yeux verts magnifiques, qui semblait moins farouche que ses congénères…

Bien entendu, elle n'avait pas fait part de ce projet à ses coéquipiers, car elle savait, après consultation auprès de V0309 du protocole d'exploration standard, que ce n'était pas Conforme. Mais le vaisseau, qui centralisait, analysait, et retransmettait toutes les informations qu'on lui donnait ou qu'il recueillait par lui-même, intéressé par le projet et les conclusions qu'il permettrait de poser, avait annoncé qu'il la « couvrirait », en gardant tout ça « pour lui »... En effet, V0309, qui bourlinguait depuis longtemps, et avait côtoyé de nombreuses planètes et civilisations différentes, trouvait regrettable qu'il y ait autant de lacunes dans leurs connaissances de la Terre, et ne demandait qu'à enrichir ses bases de données, se réservant pour plus tard de savoir comment il s'en servirait...

De même, le vaisseau avait-il remarqué que les deux plus jeunes humains, enthousiasmés par cette aventure, avaient oublié de prendre les pastilles, quelle que soit leur couleur, depuis l'atterrissage... Là encore, intéressé par les conclusions qu'il pourrait en tirer, non seulement il n'avait pas signalé cette grave entorse au protocole, mais encore il avait discrètement modifié, en partie, les cabines de nursing de H. A-da 123 et de H. E-ve 123 pour que tout ceci passe inaperçu...

Il savait bien que, pour le coup, cela lui vaudrait une reprogrammation sans possibilité de sursis ou de rachat si quelqu'un s'en apercevait, mais il savait aussi qu'il aurait le temps, lors du voyage de retour vers Béata, de reformater l'ensemble des appareils et circuits pour effacer toutes les modifications qu'il y avait effectuées, réinstaller toutes les informations des mémoires, et insérer des données Conformes.

Il avait découvert cette possibilité, par hasard, il y a longtemps, à la suite d'une erreur d'un précédent droïde de niveau six, et mémorisé cette manœuvre, hautement frauduleuse, que seuls les trois droïdes de niveau six de Béata étaient censés connaître et n'appliquer que dans les cas extrêmes. La manipulation avait été conçue pour se réaliser à trois, afin d'éviter toute malencontreuse initiative personnelle et assurer ainsi la surveillance de chaque droïde par ses deux homologues… mais la manœuvre, prévue pour les droïdes, pouvait, comme l'avait constaté V0309, s'exécuter aisément sans aide pour un vaisseau de son niveau.

Dans la salle de réunion, le débriefing s'achevait. Après avoir fait le point sur l'avancée des réparations et l'état des explorations, H. A-ds 120 avait décidé que, maintenant que les jeunes navigants, après quelques sorties en double avec les plus anciens, avaient acquis l'essentiel des notions nécessaires, ils pouvaient voler de leurs propres ailes et, compte tenu des compétences de chacun, il avait réparti les équipes différemment, pour favoriser un meilleur travail. H. A-da 123, thérapeute multivalent, compléterait utilement les capacités de H. E-ve 123 pour poursuivre les recherches sur Terre, pendant que H. E-kt 121, scientifique de haut niveau et technicienne hors pair aiderait le commandant à terminer les réparations du système intergalacticoguideur.

Le remplacement des transducteurs, en lui-même, ne présentait pas de difficulté majeure, mais leur situation, près du noyau elliptique, impliquait de nombreuses manipulations pour les atteindre, par abord extérieur, et, ensuite, le réglage sophistiqué de la vibration en si bémol -élément fondamental du bon fonctionnement du système-, nécessitait une étroite collaboration humains-vaisseau.

Les nouvelles tâches ainsi définies, chacun regagna sa cellule après l'échange des salutations rituelles.

**

Au quatrième jour sur Terre survint une découverte étonnante que, plus tard, V0309 qualifierait de déterminante.

Alors que H. E-ve 123 et H. A-da 123 avaient poussé leurs investigations jusqu'à un ensemble de ruines, vestiges probables de l'ancienne ville ou, du moins, d'une partie de celle-ci, ils y trouvèrent une construction miraculeusement préservée avec, de plus, un intérieur quasi-intact : mobilier, accessoires, et même, dans des meubles de rangement, du linge et des vêtements !

Selon V0309, la stupéfiante préservation de la demeure et de son contenu résultait de la conjonction de plusieurs facteurs : les habitants, probablement absents (partis parmi les Derniers Survivants ?), avaient tout désinfecté et fermé de façon hermétique toutes les ouvertures en partant.

Le vaisseau, par ailleurs, avait mis en évidence, dans les différents échantillons, solides, liquides, ou gazeux, recueillis par les humains, des molécules habituellement contenues dans les complexes conservateurs dont la technologie, pourtant, était inconnue sur Terre à l'époque…

Émerveillés par leur trouvaille, les jeunes navigants avaient parcouru la maison, identifiant les pièces et les différents meubles aidés par V0309, s'étonnant de l'ingéniosité, pour l'époque, de certains aménagements, s'amusant de l'aspect désuet du décor, s'offusquant de l'indécence de quelques éléments (une salle de bains… commune !!), et émus, malgré eux, d'être les premiers à remettre leurs pas dans ceux de leurs lointains ancêtres.

Les données qu'ils transmettaient à V0309 au fur et à mesure de leur progression avaient permis à ce dernier de leur assurer qu'aucun danger, chimique, bactériologique, ou autre, ne les menaçait dans ces lieux.

Rassurés, ils évoluaient donc sans prendre de précautions majeures, guidés par leur intérêt, leur plaisir… Ils observaient l'agencement des pièces, détaillaient leur aménagement, ouvraient meubles et placards…

Un des points forts de leur exploration fut la découverte d'une pièce bibliothèque, aux murs entièrement garnis de rayonnages chargés de livres, avec une échelle mobile coulissante pour atteindre les niveaux supérieurs, et qui leur rappela les plus vieilles salles du Centre de Références Historiques, l'austérité en moins, la clarté en plus. Habitués à la transmission du savoir par écrans, droïdes instructeurs, ou imprégnation cérébrale persomnique, ils s'étaient assis un instant dans les fauteuils, bizarres mais confortables, de la pièce, quasi physiquement conscients de la présence, autour d'eux, d'un savoir à leur portée, sans autorisation d'accès préalable, et qui semblait palpiter, là, à l'abri des couvertures intactes malgré les années. C'était une impression grisante, mélange hétéroclite de liberté et de pouvoir…

En revanche, la grande chambre, sur l'avant de la maison, avait déclenché chez eux, avec son lit double, la même sensation de sourde gêne que la salle de bains commune et, sans même se concerter, ils avaient tourné les talons.

Le débriefing du soir avait été passionnant : V0309 projetant en 3D, pour H. A-ds 120 et H. E-kt 121, qui ne l'avaient pas vue, la maison et ses différentes pièces, et commentant pour tous les éléments recueillis, à la lueur des données incluses dans ses mémoires. Les humains partageaient tous l'idée que cette découverte était primordiale et qu'il fallait la diffuser à leur retour sur Béata. L'étude détaillée de la demeure et de son contenu allait permettre des avancées gigantesques dans la connaissance du mode de vie des Premiers, et allait combler des pans entiers, encore inconnus, de leur histoire… Mais, bien entendu, il fallait obtenir un avis favorable de la Mère Suprême et du Conseil des Sept !…

Parallèlement, "l'équipe technique" avait progressé de façon satisfaisante et les transducteurs étaient changés ; ne restait plus qu'à harmoniser leurs vibrations dans la tonalité adéquate.

C'est donc une équipe plutôt satisfaite qui se sépara, ce soir-là, pour prendre un peu de repos.

**

Le cinquième jour sur Terre commença sous les meilleurs auspices : il faisait beau, avec un ciel bleu magnifique, un soleil généreux, un océan tranquille, et même H. E-kt 121, qui n'était guère sensible à la poésie, remarqua que ce jour avait une douceur particulière… V0309 se permit une ou deux plaisanteries de son cru qui, loin de lui attirer les foudres du commandant, amenèrent sur les lèvres de ce dernier un sourire indulgent, et H. A-da 123 et H. E-ve 123 partirent, plutôt guillerets, compléter leur étude de la maison si bien conservée. Il faut dire que, depuis la veille, grâce à la trouvaille inespérée, et la réparation avançant rapidement, les esprits étaient d'humeur joyeuse.

Les deux plus jeunes membres de l'équipage marchèrent d'un bon pas et, assez rapidement, ne furent plus en vue du vaisseau. Alors qu'ils suivaient le chemin pris la veille, H. E-ve 123 s'aperçut que le grand chat noir les accompagnait. Il ne les suivait pas vraiment, mais elle pouvait le voir, de temps à autre, apparaître à intervalles plus ou moins réguliers…

– Regarde !… dit-elle à son équipier en lui touchant l'épaule pour attirer son attention.

Ce simple geste, d'une banalité extrême, déclencha chez elle, abruptement, un flot de sensations inhabituelles : son cœur s'accéléra, ses paumes devinrent moites, elle sentit comme une pesanteur dans le bas ventre et une "boule" dans la gorge… Dans le même temps, ses jambes devinrent toutes molles, la contraignant à s'asseoir sur une pierre, opportunément là, pour se reprendre…

– Ça va ? s'inquiéta H. A-da 123.

– Oui, oui… Je ne sais pas ce que j'ai eu… Un malaise ?… Pourtant, je n'avais pas de problème de Conformité ce matin….

– Simple phase UN de l'excitation sexuelle, annonça, dans l'écouteur de la jeune femme, la voix goguenarde de V0309.

– Oh !… fit cette dernière, choquée, comment est-ce possible ?

– Quoi ? Qu'est-ce qui est possible ? questionna son équipier.

– Non… Rien… Heu… Je me demandais comment c'était possible puisque tout était Conforme ce matin…

– Justement… Ce n'est sûrement rien de grave… Tu te sens mieux ?

– Oui, oui, ne t'inquiète pas da 123, ça va.

Dans l'oreillette de H. E-de 123 le vaisseau ajouta :

– Tu n'aurais pas un peu oublié tes pastilles jaunes ces derniers temps ?

La jeune femme étouffa une exclamation. Mais oui ! se dit-elle avec horreur, elle n'avait pris aucune pastille, d'aucune sorte, depuis qu'ils étaient sur Terre !… Mais les choses pouvaient elles aller si vite ?… Bon sang ! Surtout les reprendre sans faute dès ce soir !… Elle se força à respirer… Elle commençait un peu à retrouver son clame lorsque, insidieusement, V0309 susurra dans son oreille :

– Remarque, H. A-da 123 n'a pris aucune pastille lui non plus !

Horrifiée, H. E-ve 123 coula un regard de coté à son compagnon : il n'avait pas l'air de manifester quoi que ce soit… Elle en ressentit un certain soulagement, se força à se lever, et ils reprirent leur marche.

– Que voulais tu me montrer ? demanda le jeune homme.

– Le chat… Regarde !… Le chat noir… On dirait qu'il nous accompagne…

– C'est vrai, répondit H. A-da 123 après quelques instants d'observation silencieuse. Nous nous sommes faits un copain, on dirait !…

Et, riant tous les deux, les deux jeunes gens poursuivirent vers la maison…

Plus tard, ils furent totalement incapables d'expliquer l'enchaînement clair des événements qui suivirent…

Comment, après avoir soigneusement exploré tout le rez-de-chaussée de la maison, ils avaient quand même décidé d'analyser, aussi, la grande chambre… Sur quelle idée, venant de qui, ils avaient eu cette initiative absolument non Conforme d'enlever leurs combinaisons pour essayer des vêtements terriens… Les fous rires, la gêne, les sensations bizarres et, enfin, ce trouble inconnu qui les avait amenés à se retrouver nus, sereins, curieusement apaisés, dans les bras l'un de l'autre, au fond du grand lit où H. A-ds 120 et H. E-kt 121, partis à leur recherche devant leur retard à regagner le vaisseau, les avaient trouvés ?....

**

Dans la salle de réunion, l'atmosphère était tendue à l'extrême. Les quatre humains, alignés, debout, silencieux, faisaient face à l'écran matérialisé par V0309, et A 10102, immobile, se tenait devant la porte, interdisant tout éventuelle sortie.

Le commandant H. A-ds 120 avait informé le Père Très Respectable du comportement hautement répréhensible de ses deux jeunes membres d'équipage et, devant l'énormité de la faute, le Conseil des Sept s'était réuni, sous la présidence de la Mère Suprême, en un tribunal d'exception qui allait, à présent, après une très longue délibération, rendre sa sentence d'un instant à l'autre.

L'écran, qui s'était assombri pendant la délibération, s'éclaira à nouveau et les Sept apparurent, solennels, revêtus de leurs combinaisons de Jugement et arborant tous les insignes de leur charge et toutes leurs distinctions. Ils étaient assis dans leurs cathèdres de bois précieux. Au milieu, légèrement surélevée par rapport aux autres, assise dans une cathèdre richement ornementée, siégeait la Mère Suprême.

C'est Elle, et non le Locuteur En Titre, qui prit la parole, signe supplémentaire, s'il en était besoin, de l'extrême gravité de la situation. Anciennement H. I-zs 103, la Mère Suprême gardait, malgré son âge, une beauté stupéfiante (peut-être liée à son type indien ?), un port aristocratique, et une vivacité d'esprit qui faisait l'admiration de tous.

– Commandant H. A-ds 120, avancez-vous d'un pas.

L'homme s'exécuta.

– Êtes-vous prêt à entendre notre sentence ?

– Oui, Mère Suprême, je l'entendrai avec humilité.

– Fort bien. Vous êtes responsable de ce vaisseau et de son équipage. Vous n'avez pas été capable d'encadrer vos deux plus jeunes membres, dont c'était la première mission, pour cela, nous vous infligeons un blâme assorti d'une suspension de navigation d'un mois en temps galactique universel et d'une amende de vingt mille denebs.

Le commandant, malgré son impassibilité, sourcilla légèrement : c'était une lourde peine. Il répondit cependant par la formule rituelle « Je vous en suis reconnaissant Mère Suprême. » et reprit sa place dans l'alignement.

H. A-da 123 et H. E-ve 123 se lancèrent un bref coup d'oeil effrayé : au vu de la condamnation de leur commandant, il fallait s'attendre, pour eux, à une peine très lourde !…

– Ingénieur H. E-kt121, avancez-vous d'un pas. Êtes-vous prête à entendre notre sentence ?

– Oui, Mère Suprême, je l'entendrai avec humilité.

– Fort bien. En tant qu'aînée de ces deux jeunes navigants, vous avez manqué à votre devoir de conseil et d'appui. Mais comme vous n'êtes pas la responsable de la mission, nous vous infligeons simplement une amende de cinq mille denebs.

– Je vous en suis reconnaissante, Mère Suprême.

À son tour, elle reprit sa place dans l'alignement, pendant que la Mère Suprême poursuivait :

– H. A-da 123 et H. E-ve 1213, avancez-vous d'un pas.

Ils obtempérèrent, terrorisés.

– Êtes-vous prêts à entendre notre sentence ?

– Oui, Mère Suprême, nous l'entendrons avec humilité.

– Fort bien. Vous avez gravement manqué à plusieurs des principes fondateurs de Béata. Vous avez, délibérément, violé le Tabou le plus ancien. Votre faute est d'une extrême gravité. En êtes-vous conscients ?

– Oui, Mère Suprême, murmurèrent-ils de concert.

– En conséquence, vous êtes passibles de la peine maximale : le Rebirth.

Ils se regardèrent, anéantis. Le Rebirth était le pire châtiment envisageable sur Béata : au cours d'une cérémonie solennelle, publique et diffusée sur tout Béata, le Prince Bourreau (dernier porteur d'un titre nobiliaire sur la planète) lisait, in extenso, tous les forfaits dont s'était rendu coupable le condamné, ajoutant la honte à la punition, le dégradait de tous ses éventuels titres, degrés, et décorations, et lui tranchait la tête (La Décapitation, châtiment retrouvé dans les vieux livres terriens, avait été instaurée sur Béata, dès les débuts, pour son caractère spectaculaire et dissuasif). L'Unité de Création Embryonnaire, détentrice du code génétique du condamné, refaisait ensuite le même individu, strictement à l'identique, mais d'une autre génération, ayant, bien sûr, perdu tout souvenir de sa vie antérieure… Une sorte de Reprogrammation améliorée.

– Cependant, continua la Mère Suprême, compte tenu de votre jeunesse, qui peut être considérée comme circonstance atténuante, nous vous accordons un choix : le Rebirth ou la mort sur Terre.

– Nous vous en sommes reconnaissants, Mère Suprême.

Il y eut un long silence, lourd des pensées des uns et des autres. La Mère Suprême reprit la parole :

– Que décidez-vous ?

Le premier, H. A-da 123 s'avança :

– Je préfère la mort sur Terre, Mère Suprême, et je vous remercie de m'épargner la honte du Rebirth.

H. E-ve 123 s'approcha de lui, à le toucher, et dit à son tour :

– Je reste avec lui, Mère Suprême, plutôt mourir que revivre sans lui !

Le jeune homme lui sourit avec une grande tendresse et, mouvement insensé et totalement nouveau, lui entoura les épaules de son bras, en un geste protecteur ancestral.

– Bien. Vous avez fait votre choix. Voici nos dernières instructions. Puisque les réparations sont terminées, H. A-ds 120 et H. E-kt121, vous repartez dès à présent, si V0309 est prêt. Bien entendu, vous garderez un secret absolu sur ce malheureux épisode : il ne s'est rien passé, vous n'avez pas atterri sur la Terre des Premiers, vous n'avez pas eu de panne. Vous avez eu un simple retard lié à une maladie grave, contractée par les deux plus jeunes membres de l'équipage lors d'une de vos escales, et malheureusement, vous n'avez pu les sauver. Un seul mot, une seule allusion à ce qui s'est passé et vous allez tout droit au Rebirth. Maintenant, vous pouvez aller vous préparer pour l'hibernation. Puissiez-vous toujours être Conformes !

Ils sortirent sans un mot.

– Vous, H. A-da 123 et H. E-ve 123, vous descendrez du vaisseau dès que notre liaison prendra fin. Vous connaissez la procédure de Destruction Finale, n'est-ce pas ?

– Oui, Mère Suprême.

– V0309, poursuivit la Mère Suprême, s'adressant directement au vaisseau en une entorse flagrante au protocole qu'elle seule pouvait se permettre (en tant que Mère Suprême et aussi parce qu'elle avait longtemps fait équipe avec lui lorsqu'elle n'était encore que la navigante H. I-zs 103), tu vérifies les cabines de nursing de ces deux-là pour voir si tu détectes une quelconque anomalie, en particulier dans le contrôle de la prise des pilules, tu appliques la procédure de Destruction Finale dès que les condamnés sont assez loin pour la sécurité de tous, tu reprogrammes intégralement A10102, et tu ramènes tout le monde aussi rapidement que possible. Et ne t'avise pas de faire des entourloupes : nous contrôlerons tes circuits, tes mémoires, et ta charge laser à l'arrivée. As-tu enregistré les ordres ?

– Parfaitement, Mère Suprême, répondit le vaisseau, inhabituellement grave, et puissiez-vous toujours être Conforme.

L'écran disparut.

**

V0309 sifflotait tout en effectuant la reprogrammation soigneuse de A10102. Les deux humains restants de l'équipage en hibernation et A10102 déconnecté, il appréciait cette tranquillité bienvenue. Il sifflotait donc un vague air en vogue quand ils avaient quitté Béata, mais qui serait déjà démodé quand ils reviendraient…

Il avait déjà remodifié les circuits mémoriels des cabines de nursing et il pouvait bien mettre au défi quiconque de retro

uver les manipulations antérieures qu'il avait effectuées ! Il était en train de procéder aux mêmes opérations sur le droïde et même, cette fois ci, par ordre supérieur !….

Le plus difficile, mais il avait du temps devant lui, allait être de modifier ses propres circuits, de façon indétectable, pour y mettre bien à l'abri de toute recherche ou intrusion ses dernières actions et, surtout, les dernières images qu'il avait emportées de Terre : la destruction laser de deux tamaris innocents (pour utiliser l'énergie équivalente à la Destruction Finale de deux humains), et, surtout, les deux jeunes gens, côte à côte, enlacés, souriants et nus, avec, à leur pieds, le grand chat noir, lui faisant de grands signes d'adieu lors de son décollage….

Il en avait vu bien d'autres, et pourtant, malgré ses vieux circuits, il se sentait bizarrement ému… Ces deux petits-là étaient attendrissants et ils lui rappelaient, vaguement, quelque chose qu'il avait mis en mémoire il y a bien longtemps… Il lança une recherche…

Alors qu'il réinitialisait le module de commande vocale de A10102, cela s'afficha soudain : bien sûr !… Ce vieux livre de la Terre des Premiers : la Bible… L'homme et la femme, le Paradis… H. A-da 123 et H. E-ve 123… Adam et Eve !……

Il s'autorisa un rire satisfait : d'ici quelques centaines d'années, il serait bien intéressant de refaire une escale sur Terre !…….

Table des matières

Mise en page : LEN

Achevé d'imprimer en avril 2014 par LEN S.A.S. – 92150 Suresnes
Dépôt légal : avril 2014
Imprimé en France

Printed in Dunstable, United Kingdom